小説
イナズマイレブン
アレスの天秤 1

江橋よしのり／著
日野晃博／総監督／原案・シリーズ構成
レベルファイブ／原作

★小学館ジュニア文庫★

第《だい》1章《しょう》 明日《あす》への船出《ふなで》

グラウンドにそよぐ風《かぜ》は、ほんのり潮《しお》の香《かお》りがした。

「明日人《あすと》、行《い》ったぞ！」

「おー！」

伊那国中《いなくにちゅう》サッカー部《ぶ》の2年生《ねんせい》・稲森明日人《いなもりあすと》が、同《おな》じ2年生《ねんせい》の万作雄一郎《まんさくゆういちろう》からパスを受《う》けた。明日人《あすと》は顔《かお》を上《あ》げて、周《まわ》りを見《み》ながらドリブルする。

相手《あいて》チームに入《はい》った2年生《ねんせい》の日和正勝《ひよりまさかつ》、そして3年生《ねんせい》キャプテン道成達巳《みちなりたつみ》が、ボールを奪《うば》おうと距離《きょり》を詰《つ》める。すると明日人《あすと》は右《みぎ》、左《ひだり》と軽《かろ》やかにステップを踏《ふ》んで、あっという間《ま》に二人《ふたり》を連続《れんぞく》でかわした。

明日人《あすと》の目《め》が、味方《みかた》の姿《すがた》をキャッチした。

「行《い》くぞ！」

「来《こ》い！」

明日人《あすと》のパスは3年生《ねんせい》・剛陣鉄之助《ごうじんてつのすけ》の足元《あしもと》へ。

「うおりゃああ！」

剛陣《ごうじん》がゴールめがけて思《おも》い切《き》り右足《みぎあし》を振《ふ》った。

シュートはゴールへ一直線《いっちょくせん》。決《き》まった！　と剛陣《ごうじん》が拳《こぶし》を握《にぎ》ろうとした瞬間《しゅんかん》、カールしたセミロングヘアをなびかせたGK《ゴールキーパー》が、右手《みぎて》を伸《の》ばしてタイミングよくジャンプ！　そしてシュートの勢《いきお》いを吸収《きゅうしゅう》するように、柔《やわ》らかい動作《どうさ》でボールを胸元《むなもと》に引《ひ》き寄《よ》せた。

「へへん！」

まるで余裕《よゆう》といった表情《ひょうじょう》で立《た》っているGK《ゴールキーパー》の名《な》は、海腹《うみはら》のりか。伊那国中《いなくにちゅう》イレブンの守《しゅ》護神《ごしん》は女子選手《じょしせんしゅ》だ。

休憩時間《きゅうけいじかん》になると、部員《ぶいん》たちはグラウンド隅《すみ》の階段《かいだん》に腰《こし》を下《お》ろして一息《ひといき》ついた。

「いけると思《おも》ったんだけどなー。あれを止《と》められちまうとは」

「コースがもう少《すこ》し鋭《するど》ければ止《と》められなかったと思《おも》います。腕《うで》を上《あ》げましたね、先輩《せんぱい》！」

のりかは素直《すなお》に剛陣《ごうじん》を褒《ほ》めた。

「そうか！　確《たし》かに自分《じぶん》でも『走《はし》ってる！』って手応《てごた》えは感《かん》じてたぜ」

褒《ほ》められた剛陣《ごうじん》も、うれしそうだ。

「あれなら本土《ほんど》のチームと戦《たたか》っても通用《つうよう》しますよ」

「ははは！　おだてんなよ」

剛陣《ごうじん》が照《て》れ笑《わら》いすると、みんなの顔《かお》もほころんだ。

「ふふっ、サッカーはいいよね。いやなこととか悩《なや》みごととか全部忘《ぜんぶわす》れさせてくれる」

ふと、のりかが噛《か》みしめるように言《い》った。

暖《あたた》かい島《しま》の空気《くうき》に溶《と》けた言葉《ことば》が、みんなの心《こころ》に染《し》み込《こ》んでいく。のりかはチームの守《まも》りの女神《めがみ》であり、また癒《いや》しの女神《めがみ》でもあった。

「のりかさんにも悩《なや》みとかあるんですか。それは意外《いがい》ですね」

せっかくのいい雰囲気《ふんいき》に、日和《ひより》が茶々《ちゃちゃ》を入《い》れる。銀髪《ぎんぱつ》にかぶせたハンチング帽《ぼう》がトレードマークの日和《ひより》は、体《からだ》を張《は》ったディフェンス同様《どうよう》、鋭《するど》いツッコミをのりかに突《つ》き刺《さ》す。

「こら、パンチ食《く》わすよ！」

「わ、怖《こわ》っ」

日和《ひより》が大《おお》げさに首《くび》をすくめた。


都会《とかい》から遠《とお》く離《はな》れた伊那国島《いなくにじま》では、そこに暮《く》らす子《こ》どもからお年寄《としよ》りまで、そして犬《いぬ》も猫《ねこ》も虫《むし》も鳥《とり》も、のどかに、穏《おだ》やかに、和気《わき》あいあいと毎日《まいにち》を過《す》ごしている。

明日人《あすと》たちサッカー部員《ぶいん》も、もちろん毎日楽《まいにちたの》しそうだ。しかし彼《かれ》らにとって、この島《しま》ではどうしても手《て》に入《はい》らないものがあった。

「試合《しあい》とかしたいよなー」明日人《あすと》がつぶやく。

「やりたいな」と言《い》ったのは、クールな外見《がいけん》の氷浦貴利名《ひうらきりな》。

「確《たし》かにこの島《しま》だと、敵《てき》チームといえば小学生《しょうがくせい》のチームかおっちゃんたちのチームだもんな」

彼《かれ》らがほしいもの。それは同年代《どうねんだい》の対戦相手《たいせんあいて》だ。

「やるとすれば、本土《ほんど》のチームだよね」

「おし、じゃあ俺《おれ》、校長《こうちょう》にかけあってみるよ！　島《しま》を出《で》て練習試合《れんしゅうじあい》に行《い》かせてくれって」

明日人《あすと》はそう言《い》ってすぐに、道成《みちなり》キャプテンと一緒《いっしょ》に校長室《こうちょうしつ》へ駆《か》け込《こ》んだ。

しかし……。

「練習試合《れんしゅうじあい》？　残念《ざんねん》ながらそれどころではありませんよ」

伊那国中《いなくにちゅう》の冬海校長《ふゆかいこうちょう》が、明日人《あすと》たちに背《せ》を向《む》けたまま思《おも》わせぶりなことを言《い》う。

「サッカーは熱《あつ》くなりすぎました。伊那国《いなくに》はその熱《あつ》さについていけなくなったのですよ」

「どういうことですか？」

道成《みちなり》の声《こえ》が不安《ふあん》そうに沈《しず》んだ。

「スポンサー制度《せいど》というのを聞《き》いたことがありますか？」

「はい。本土《ほんど》のほうで、始《はじ》まった制度《せいど》ですよね」

「人気《にんき》がありすぎるサッカーにおいて、安全《あんぜん》なチーム運営《うんえい》には莫大《ばくだい》な資金《しきん》が必要《ひつよう》。その資《し》金《きん》を提供《ていきょう》して、チーム運営《うんえい》を支《ささ》えてくれるのがスポンサーです。先日《せんじつ》、少年《しょうねん》サッカー協会《きょうかい》で、日本《にほん》の全《ぜん》サッカーチームにスポンサーをつけることが義務《ぎむ》づけられました」

道成《みちなり》と明日人《あすと》は、息《いき》をのんだ。

「しかし、残念《ざんねん》ながら、この伊那国中《いなくにちゅう》サッカー部《ぶ》にはスポンサーはいない……」

「まさか……廃部《はいぶ》ってことですか？」道成《みちなり》がおそるおそる口《くち》にした。

「そんな……みんなこの島《しま》でサッカーをすることが大好《だいす》きなんです！」

明日人《あすと》は懸命《けんめい》に訴《うった》えかけた。冬海《ふゆかい》が振《ふ》り返《かえ》って顔《かお》を見《み》せた。

「そんなことは関係《かんけい》ありません。意味《いみ》があるのは、君《きみ》たちにスポンサーがいるかいないか、それだけです」

「この島《しま》でもそのルールが適用《てきよう》されるんですか？　ここではサッカーに人《ひと》が集《あつ》まりすぎて危険《きけん》になったりすることもないでしょう」道成《みちなり》も食《く》い下《さ》がった。

「ルールはルールです。例外《れいがい》はありません。というわけで、伊那国中《いなくにちゅう》サッカー部《ぶ》は、廃部《はいぶ》と決定《けってい》しました」

「そんな……」

「何《なん》ですか、その反抗的《はんこうてき》な目《め》は」

明日人《あすと》は必死《ひっし》に言葉《ことば》を探《さが》す。何《なに》か言《い》いかけたが、窓《まど》の外《そと》に響《ひび》く大《おお》きな音《おと》に遮《さえぎ》られた。

「何《なん》だよ……あれ……サッカーグラウンドが！」

重機《じゅうき》がグラウンドに入《はい》り、解体工事《かいたいこうじ》を始《はじ》めていた。

「サッカー部《ぶ》を廃部《はいぶ》になんかさせない！」

明日人《あすと》はたまらず校長室《こうちょうしつ》を飛《と》び出《だ》していった。道成《みちなり》も慌《あわ》てて後《あと》を追《お》った。

「まったく……熱《あつ》いですねえ。サッカーをやる連中《れんちゅう》は……」

一人《ひとり》になった冬海《ふゆかい》が、まるで不味《まず》いものでも口《くち》にしたかのように、言葉《ことば》を吐《は》き出《だ》した。

明日人《あすと》は校庭《こうてい》に駆《か》け下《お》りた。土煙《つちけむり》が巻《ま》き上《あ》がり、思《おも》わず目《め》を閉《と》じる。

再《ふたた》び目《め》を開《あ》けると、頑丈《がんじょう》なゴールマウスが針金《はりがね》のようにぐにゃぐにゃに曲《ま》げられ、地面《じめん》に横《よこ》たわっていた。

「サッカーは……サッカーは絶対《ぜったい》に渡《わた》さないぞ！」

「明日人《あすと》、これはどういうことなんだ？」

万作《まんさく》が青《あお》ざめている。

「サッカー部《ぶ》が廃部《はいぶ》って言《い》われて……」

「廃部《はいぶ》だと!?」

「俺《おれ》は認《みと》めない！」

明日人《あすと》は一人《ひとり》、グラウンドに入《はい》っていった。

「やめてください！　これは俺《おれ》たちのグラウンドなんです！」

「何《なに》を言《い》っている！　ここはもう別《べつ》の用途《ようと》に使《つか》うことが決《き》まっている。邪魔《じゃま》だ、あっちへ行《い》ってろ！」

「待《ま》ってください！」

明日人《あすと》は工事作業員《こうじさぎょういん》につかみかかった。

「どけっ！」

突《つ》き飛《と》ばされた。

「うぉおおお！」

それでも明日人《あすと》は起《お》き上《あ》がり、ボロ泣《な》きしながらしつこくしがみついていた。

「明日人《あすと》、もうやめろって」道成《みちなり》と万作《まんさく》が止《と》めに入《はい》る。

「やめない！　俺《おれ》は、サッカーを、絶対《ぜったい》にやめねえぞおおお！」

土埃《つちぼこり》で真《ま》っ黒《くろ》な明日人《あすと》の顔《かお》には、いく筋《すじ》も涙《なみだ》の流《なが》れた跡《あと》ができていて、その上《うえ》をまた熱《あつ》い涙《なみだ》が伝《つた》っていた。

明日人《あすと》は校庭《こうてい》の隅《すみ》で、傷《きず》の手当《てあ》てを受《う》けていた。のりかのハンカチが明日人《あすと》の頰《ほほ》をぬぐう。

「サッカー部《ぶ》の廃部《はいぶ》は許《ゆる》せないけど、こんな無茶《むちゃ》をして」

「じゃあ、のりかは平気《へいき》なのか？　サッカーができなくなって？」

「そりゃ、もちろんいやだけど……」

万作《まんさく》と道成《みちなり》も話《はなし》に加《くわ》わる。

「工事《こうじ》を一時的《いちじてき》にやめさせたところで、根本的《こんぽんてき》な解決《かいけつ》にはならない」

「そのとおりだ。サッカーを続《つづ》けるには、何《なに》か手《て》を考《かんが》えないと……」

「俺《おれ》はサッカーをあきらめない！　絶対《ぜったい》にあきらめない！」

明日人《あすと》はハンカチを握《にぎ》りしめた。

するとそこへ、氷浦《ひうら》が駆《か》けつける。肩《かた》で息《いき》をしながら、早口《はやくち》で告《つ》げた。

「大変《たいへん》だ、明日人《あすと》。おまえのお母《かあ》さんが……」

信《しん》じたくない。信《しん》じたくない。明日人《あすと》は病室《びょうしつ》に飛《と》び込《こ》んだ。

「母《かあ》ちゃん！」

「明日人《あすと》……その顔《かお》は、どうしたの……」

「何《なん》でもない。それより、母《かあ》ちゃん苦《くる》しいのか？」

「……ごめんね、明日人《あすと》。母《かあ》ちゃんはおまえといっしょにいてあげられそうにないわ」

「何《なに》言《い》ってんだよ！　そんなことないだろ。俺《おれ》たちずっと二人《ふたり》で楽《たの》しくやってきただろ。これからもずっと……」

「ううん。明日人《あすと》。人《ひと》にはいつか別《わか》れが来《く》るわ。でも本当《ほんとう》につながった絆《きずな》は、決《けっ》してなくなることはない。明日人《あすと》と母《かあ》ちゃんも永遠《えいえん》につながっている……」

母《はは》が言《い》おうとしていることはわかる。でも、わかりたくない。明日人《あすと》は叫《さけ》んだ。

「そんな……母《かあ》ちゃん、死《し》ぬな！　サッカーだけじゃなく、母《かあ》ちゃんまで俺《おれ》の前《まえ》からいなくなんのか！」

「明日人《あすと》……サッカーはいなくならない。おまえが必要《ひつよう》とする限《かぎ》り……サッカーはそこにある」

頬《ほほ》に差《さ》しのべられた母《はは》の手《て》を、明日人《あすと》の涙《なみだ》が濡《ぬ》らした。

「明日人《あすと》……おまえにはずっと、明日《あした》がある……」

母《はは》から明日人《あすと》へ、触《ふ》れた手《て》を通《つう》じて、たっぷりとぬくもりが伝《つた》わった。だが、最後《さいご》の思《おも》いを告《つ》げた直後《ちょくご》、母《はは》の手《て》は明日人《あすと》の頬《ほほ》から滑《すべ》り落《お》ち、ゆっくりと力《ちから》を失《うしな》った。

明日人《あすと》は島《しま》の中央《ちゅうおう》にある「てっぺん崖《がけ》」に一人《ひとり》で駆《か》け上《のぼ》り、日《ひ》が暮《く》れるまで泣《な》き続《つづ》けた。そして一人《ひとり》きりのアパートに帰《かえ》ると、またボロボロと泣《な》いた。

部屋《へや》の隅《すみ》でサッカーボールを抱《かか》えたまま、明日人《あすと》はウトウトと眠《ねむ》ってしまった。窓《まど》から差《さ》し込《こ》む光《ひかり》で、朝《あさ》だと気《き》づいた。ドンドンという激《はげ》しい音《おと》が、どこかで鳴《な》っていた。誰《だれ》かが玄関《げんかん》のドアを叩《たた》いているのだと気《き》づくまで、しばらく時間《じかん》がかかった。

「起《お》きろ！　明日人《あすと》！」

万作《まんさく》の声《こえ》だった。

万作《まんさく》に導《みちび》かれて、明日人《あすと》は校長室《こうちょうしつ》にやってきた。そこには他《ほか》の部員《ぶいん》たちも集《あつ》まっていた。

「みなさんにお伝《つた》えしておきます。伊那国中《いなくにちゅう》サッカー部《ぶ》に、廃部《はいぶ》を逃《のが》れる道《みち》が出《で》てきました」

部員《ぶいん》たちは息《いき》をのんだ。だが、明日人《あすと》の表情《ひょうじょう》は冴《さ》えないままだ。

「え？　廃部《はいぶ》にならないんですか？」

のりかがすがりつくように聞《き》き返《かえ》す。

「条件付《じょうけんつ》きでスポンサーになってもいいと言《い》ってくれる方《かた》が現《あらわ》れたのです」

「その条件《じょうけん》とは？」

道成《みちなり》がおそるおそる聞《き》いた。部員《ぶいん》たちは固唾《かたず》をのんで、次《つぎ》の一言《ひとこと》を待《ま》った。

冬海《ふゆかい》が振《ふ》り返《かえ》り、部員《ぶいん》たちに告《つ》げた。

「フットボールフロンティアに出場《しゅつじょう》して、1勝《しょう》を挙《あ》げること」

「サッカー日本一《にほんいち》を決《き》める、あのフットボールフロンティアですか？」

思《おも》わず聞《き》き返《かえ》した氷浦《ひうら》の声《こえ》は、ため息《いき》のようであり、悲鳴《ひめい》のようでもあった。

「そうです。到底無理《とうていむり》なので断《ことわ》ろうと思《おも》っていますがね」

冬海《ふゆかい》は手《て》のひらを上《うえ》に向《む》ける「お手上《てあ》げ」のポーズで部員《ぶいん》たちに目《め》をやった。

「おい待《ま》てよ！」

剛陣《ごうじん》は必死《ひっし》で食《く》い下《さ》がってみたものの、「考《かんが》えるだけ時間《じかん》の無駄《むだ》でしょう」と冬海《ふゆかい》から言《い》われると、自分《じぶん》がその大会《たいかい》のすごさを何《なに》も知《し》らないことに思《おも》い至《いた》った。

「そんなに大変《たいへん》なのか？」

「そりゃもう」

「1回勝《かいか》つだけだろ？」

「出場《しゅつじょう》するだけでも相当《そうとう》の実力《じつりょく》を要求《ようきゅう》される。ましてやそこで勝《か》つなんて……」

剛陣《ごうじん》の素朴《そぼく》な質問《しつもん》に、頭脳派《ずのうは》プレイヤーの奥入祐《おくいりひろ》、そしてキャプテンの道成《みちなり》が、悔《くや》しさを噛《か》み殺《ころ》すように答《こた》えていた。「サッカーを続《つづ》けられるかもしれない」という部員《ぶいん》たちのほのかな期待《きたい》は、一瞬《いっしゅん》にして色《いろ》あせた。

ただ一人《ひとり》を除《のぞ》いて……。

「やります！　フットボールフロンティアでの1勝《しょう》、挙《あ》げてみせます！」

それまで黙《だま》っていた明日人《あすと》が、すっくと顔《かお》を上《あ》げて力強《ちからづよ》く言《い》った。

「簡単《かんたん》に言《い》うな。俺《おれ》たちには出場資格《しゅつじょうしかく》もないんだぞ」すぐさま道成《みちなり》が諭《さと》す。

「出場資格《しゅつじょうしかく》ならありますよ」と、冬海《ふゆかい》はとんでもないことを言《い》い出《だ》した。

「あなたたちは、東京《とうきょう》のサッカー強豪校《きょうごうこう》『雷門中《らいもんちゅう》』に編入《へんにゅう》していただきます。雷門《らいもん》の一員《いちいん》となることで、フットボールフロンティアへの出場権《しゅつじょうけん》が得《え》られます」

「雷門《らいもん》って、あの雷門中《らいもんちゅう》……」

奥入《おくいり》が驚《おどろ》く。雷門《らいもん》は1年前《ねんまえ》のフットボールフロンティアの優勝校《ゆうしょうこう》だ。

でも、どうしてあの雷門《らいもん》が……？　謎《なぞ》は残《のこ》るが、冬海《ふゆかい》は話《はなし》を進《すす》める。

「君《きみ》たちなら『やりたい』なんて無謀《むぼう》を言《い》い出《だ》すかもしれないと思《おも》ってね、前《まえ》もって手配《てはい》しておきましたよ」

「つまり、僕《ぼく》たちはこの島《しま》を出《で》て、東京《とうきょう》に行《い》くということですか？」

「そうなりますねえ。それしかサッカーを続《つづ》ける道《みち》はありません。まあ、それを決断《けつだん》したところで、勝利《しょうり》の可能性《かのうせい》はほぼゼロです」

それを聞《き》いて、明日人《あすと》は顔《かお》を上《あ》げ、一歩前《いっぽまえ》に出《で》た。

「ありがとうございます！　俺《おれ》、絶対《ぜったい》にやります！　サッカーを続《つづ》けるために、フットボールフロンティアに出場《しゅつじょう》します！」

明日人《あすと》が宣言《せんげん》すると、部員《ぶいん》たちの間《あいだ》には喜《よろこ》びと不安《ふあん》が入《い》り混《ま》じった空気《くうき》が漂《ただよ》った。しかし、それもほんの一瞬《いっしゅん》。冬海《ふゆかい》が対戦《たいせん》チームの名《な》を告《つ》げたとたん、すべては不安《ふあん》に変《か》わった。

「みんな、迷《まよ》うことはないだろ！　俺《おれ》たち東京《とうきょう》に行《い》くんだ。東京《とうきょう》に出《で》てサッカーを取《と》り戻《もど》すんだ！」

部員《ぶいん》たちは校庭《こうてい》の木陰《こかげ》に集《あつ》まっていた。明日人《あすと》は熱《あつ》く語《かた》りかけたが、みんな元気《げんき》がない。サッカー日本一《にほんいち》を決《き》めるフットボールフロンティア。伊那国中《いなくにちゅう》のメンバーに課《か》された条件《じょうけん》はたった1勝《しょう》。それなのに……。

「相手《あいて》は、あの星章学園《せいしょうがくえん》……」

奥入《おくいり》がメガネを押《お》し上《あ》げながら口《くち》にした星章学園《せいしょうがくえん》とは、強豪《きょうごう》の中《なか》の強豪《きょうごう》、全国《ぜんこく》ランキング1位《い》のチームだったのだ。

「勝《か》ち目《め》ないでゴス」

2年生《ねんせい》の岩戸高志《いわとたかし》が、小《ちい》さな声《こえ》で言《い》う。体《からだ》つきはとても大柄《おおがら》で、チームメイトからは神話《しんわ》に登場《とうじょう》する巨大《きょだい》な人形《にんぎょう》になぞらえ「ゴーレム」と呼《よ》ばれるほど。だが心《こころ》は優《やさ》しい。

そこへ、輪《わ》の外《そと》から聞《き》き覚《おぼ》えのない声《こえ》が浴《あ》びせられた。

「やる前《まえ》から負《ま》けムードかよ」

振《ふ》り向《む》くと、おデブで背《せ》の低《ひく》い少年《しょうねん》が、ちょっと踏《ふ》ん反《ぞ》り返《かえ》るようにして立《た》っていた。

彼《かれ》は転校生《てんこうせい》の小僧丸《こぞうまる》サスケ。2年生《ねんせい》。

転校生《てんこうせい》がサッカー部《ぶ》に入《はい》ってくるという噂《うわさ》を、万作《まんさく》は思《おも》い出《だ》した。

「田舎島《いなかじま》の自然《しぜん》の中《なか》で技《わざ》の特訓《とっくん》でもしようと来《き》てみたが、腰抜《こしぬ》けの集《あつ》まりとはな」

小僧丸《こぞうまる》は伊那国島《いなくにじま》を「田舎島《いなかじま》」と、バカにするように言《い》った。

「おまえらはサッカーを続《つづ》けること以前《いぜん》に、戦《たたか》うことですらビビってる。そんなやつらがフットボールフロンティアで勝《か》てるわけがねえ」

カチンときた剛陣《ごうじん》が受《う》けて立《た》とうとするも、小僧丸《こぞうまる》はさらに挑発的《ちょうはつてき》な言葉《ことば》を重《かさ》ねる。

「必殺技《ひっさつわざ》の一《ひと》つも使《つか》えず、島《しま》を出《で》る勇気《ゆうき》もないおまえたちが、勝《か》てるわけはねえよ。せいぜいサッカー以外《いがい》の楽《たの》しみでも探《さが》すんだな」

小僧丸《こぞうまる》は立《た》ち去《さ》ろうとした。すると、その背中《せなか》に、明日人《あすと》が言葉《ことば》を投《な》げた。

「俺《おれ》はやるよ。俺《おれ》はサッカーをあきらめるわけにはいかない。みんなが反対《はんたい》でも、俺《おれ》は絶《ぜっ》対《たい》にやる！」

小僧丸《こぞうまる》の足《あし》が止《と》まる。ゆっくり振《ふ》り向《む》いて明日人《あすと》と目《め》を合《あ》わせる。

ほかの部員《ぶいん》たちも、同《おな》じように明日人《あすと》に視線《しせん》を集《あつ》めた。

明日人《あすと》は、声《こえ》に力《ちから》を込《こ》めた。

「東京《とうきょう》で、サッカーを取《と》り戻《もど》すんだ！」

こうして明日人《あすと》の決意《けつい》を目《ま》のあたりにした部員《ぶいん》たちは、自分《じぶん》の心《こころ》の中《なか》で何《なに》かが変《か》わったのを感《かん》じた。そして、その日《ひ》のうちに、彼《かれ》らはそれぞれ行動《こうどう》に出《で》た。

海辺《うみべ》では、剛陣《ごうじん》がどでかい丸太《まるた》をロープで束《たば》ね、引《ひ》きずって足腰《あしこし》を鍛《きた》えている。

その横《よこ》で休《やす》みながら見守《みまも》る日和《ひより》が、声《こえ》をかける。

「剛陣《ごうじん》さん、あんなやつの挑発《ちょうはつ》に乗《の》るなんて」

「挑発《ちょうはつ》に乗《の》ったわけじゃねえ。俺《おれ》、やってみたくなったんだよ。マジで」

「だからって……」

「生《う》み出《だ》すんだ、必殺技《ひっさつわざ》を。必殺技《ひっさつわざ》があれば勝《か》てるかもしんねえだろうが！」

これが必殺技《ひっさつわざ》の特訓《とっくん》？　日和《ひより》は少《すこ》しあきれているようだった。

しかし剛陣《ごうじん》は大《おお》まじめだ。これが限界《げんかい》だという表情《ひょうじょう》で日和《ひより》に尋《たず》ねる。

「おまえ、聞《き》いたことあるか……ファイアレモネードって……」

「……トルネード……ですよね」

ドン引《び》きする日和《ひより》に、ドッパーンと砕《くだ》け散《ち》った波《なみ》のしぶきがかかった。


強《つよ》い日差《ひざ》しが、氷浦家《ひうらけ》の縁側《えんがわ》に照《て》りつけている。

縁台《えんだい》に腰《こし》かけた氷浦《ひうら》が、祖母《そぼ》と目《め》を合《あ》わせずに切《き》り出《だ》した。

「ばあちゃん、俺《おれ》さ、東京《とうきょう》行《い》く……」

「東京《とうきょう》で勝《か》てたら、俺《おれ》たちまだサッカーできるらしくてさ……」

「そうかい……さびしくなるねえ」

「ごめん……」

「だけど、きいちゃんなら勝《か》てるよ」

「うん、勝《か》てるよね」

氷浦《ひうら》が立《た》ち上《あ》がり祖母《そぼ》を振《ふ》り向《む》く。にっこりと微笑《ほほえ》みが返《かえ》ってきた。

坂道《さかみち》を自転車《じてんしゃ》が下《くだ》っていく。

ハンドルを握《にぎ》るのは「ゴーレム」こと岩戸《いわと》だ。その大《おお》きな大《おお》きな岩戸《いわと》の頭《あたま》に、ひときわ小柄《こがら》な2年生《ねんせい》・服部半太《はっとりはんた》、通称《つうしょう》「ハンちゃん」がしがみついていた。

「東京《とうきょう》はさ、メシはうめえのかな？」

「ハンちゃんはもう行《い》くって決《き》めたでゴスか？」

「島離《しまはな》れたくはねえけど、俺《おれ》やっぱサッカーしたい！」

「そうかー」

「ゴーレムはまだ迷《まよ》ってんのか？」

「うん……ハンちゃんはやっぱりすげえなー」

島《しま》の風《かぜ》に吹《ふ》かれながら、二人《ふたり》を乗《の》せた自転車《じてんしゃ》が長《なが》い坂《さか》をゆっくりと走《はし》り続《つづ》けた。

『万平《まんぺい》』と看板《かんばん》に書《か》かれた寿司店《すしてん》のカウンターに、万作《まんさく》が座《すわ》っていた。

ほかに客《きゃく》はいない。何《なに》か言《い》いたげな彼《かれ》に向《む》かって、仕込《しこ》み作業中《さぎょうちゅう》の父《ちち》・一平《いっぺい》が聞《き》いた。

「どうした？」

「……親父《おやじ》、俺《おれ》、東京《とうきょう》に行《い》こうと思《おも》うんだ」

万作《まんさく》は帽子《ぼうし》を脱《ぬ》いで、申《もう》し訳《わけ》なさそうに言《い》った。一平《いっぺい》は背《せ》を向《む》けたままだ。

「ほう、半人前《はんにんまえ》のおまえが東京《とうきょう》にな」

「半人前《はんにんまえ》だから行《い》くんだよ。サッカーでくらい一人前《いちにんまえ》にならねえと」

「そうか」

そこで会話《かいわ》が途切《とぎ》れた。包丁《ほうちょう》の音《おと》だけが、親子《おやこ》の耳《みみ》に響《ひび》く。父《ちち》の気持《きも》ちを察《さっ》して、万作《まんさく》は「ごめん」と一言《ひとこと》ささやいた。

また少《すこ》し沈黙《ちんもく》があった後《あと》、一平《いっぺい》がカウンターに皿《さら》を差《さ》し出《だ》した。中《ちゅう》トロが2貫《かん》。

「食《く》え。俺《おれ》の餞別《せんべつ》だ。向《む》こうに行《い》っても、ほかのやつらに負《ま》けんなよ」

「親父《おやじ》……」

万作《まんさく》は寿司《すし》を口《くち》に運《はこ》び、たっぷりと噛《か》みしめた。

鼻《はな》の奥《おく》がツンとしたのは、わさびのせいだけではなかった。

「そうか、東京《とうきょう》か。さびしくなるが、おまえが決《き》めたことなら父《とう》さんは何《なに》も言《い》わない」

夕暮《ゆうぐ》れの中《なか》、道成《みちなり》とその父《ちち》が並《なら》んで歩《ある》いている。町役場《まちやくば》で働《はたら》く父《ちち》の仕事《しごと》の帰《かえ》り道《みち》だ。

「でも、母《かあ》さんにはきっと反対《はんたい》される」

「心配《しんぱい》するな、父《とう》さんから話《はな》しておこう」

父《ちち》は立《た》ち止《ど》まり、息子《むすこ》の肩《かた》に手《て》を置《お》いた。

「ありがとう」

再《ふたた》び歩《ある》き始《はじ》める。

「母《かあ》さんには手紙《てがみ》を書《か》けよ」

「うん、わかってる」

道成《みちなり》は、母《はは》のことを思《おも》い出《だ》すと、少《すこ》しさびしい気持《きも》ちになった。

太陽《たいよう》は水平線《すいへいせん》に沈《しず》もうとしている。

のりか、日和《ひより》、奥入《おくいり》の3人《にん》は崖《がけ》の淵《ふち》から海《うみ》を眺《なが》めていた。

「東京《とうきょう》に行《い》くか、島《しま》に残《のこ》るか。選《えら》ばなくちゃいけないなんて……」

そう言《い》ったのりかの横《よこ》で、日和《ひより》も涙《なみだ》ぐんだ。

「結構《けっこう》ちゃんと練習《れんしゅう》してきたから、本土《ほんど》のチームにだって負《ま》けない自信《じしん》はあるけど……島《しま》を離《はな》れるのはつらいよ」

「好《す》きなサッカーをなんで自由《じゆう》にやっちゃいけないの」

「だからさ、スポンサードされてないチームがいきがっても、どうにもなんないわけ」

奥入《おくいり》がのりかの横顔《よこがお》に話《はな》しかけた。

「そんなのおかしいよ」

サッカーか、島《しま》の生活《せいかつ》か。どちらかを選《えら》びとるためには、どちらかを失《うしな》わなければならない。いくら悩《なや》んでも「どっちも」は不可能《ふかのう》なのだから。

「のりかだって、気持《きも》ちは決《き》まってんだろ？」

のりかは答《こた》える代《か》わりに、奥入《おくいり》から視線《しせん》を外《はず》し、うつむいた。

「のりかさんも島《しま》、離《はな》れたくないんですよね？」

代《か》わりに日和《ひより》が答《こた》えた。でもそれは、彼女《かのじょ》の気持《きも》ちを代弁《だいべん》したというより、日和自身《ひよりじしん》の気持《きも》ちに同意《どうい》してほしくて、口《くち》からこぼしたようだった。

のりかは再《ふたた》び顔《かお》を上《あ》げ、ひとり言《ごと》のように話《はな》し始《はじ》めた。

「サッカーを続《つづ》けるためには、この島《しま》を離《はな》れなきゃならない。それはわかってる。私《わたし》だってそうしたい……。だけど、私《わたし》がいなくなると母《かあ》さんが……」

そこまで言《い》うと、だいぶ離《はな》れた崖《がけ》の下《した》から声《こえ》が届《とど》く。

「のりかー！　あたしゃ元気《げんき》なんだからねー。ここで逃《に》げたら、海《うみ》の女《おんな》じゃないよーっ！」

海女《あま》さん姿《すがた》の、のりかの母《はは》が、そこにいた。

「母《かあ》さん……」

「まさかここでの会話《かいわ》、あそこまで聞《き》こえてないですよね」

奥入《おくいり》は、驚《おどろ》きをそのまま口《くち》にした。

のりかは、力強《ちからづよ》く手《て》を振《ふ》る母《はは》の心《こころ》を受《う》け止《と》めた。

そして夜《よ》が明《あ》けた。昇《のぼ》る朝日《あさひ》が海《うみ》を照《て》らしている。

のりかたちとは別《べつ》の場所《ばしょ》、「てっぺん崖《がけ》」の高《たか》みから、明日人《あすと》は海《うみ》を見《み》ていた。

「母《かあ》ちゃん、俺《おれ》、この島《しま》を出《で》て、サッカーに会《あ》いに行《い》くよ。母《かあ》ちゃんは言《い》ったよね。サッカーはいなくならない、俺《おれ》が必要《ひつよう》とする限《かぎ》りサッカーはそこにある……だよね」

明日人《あすと》は右手《みぎて》の親指《おやゆび》と人差《ひとさ》し指《ゆび》を立《た》て、銃《じゅう》を撃《う》つように構《かま》えて言《い》った。

「俺《おれ》はサッカーをこの島《しま》に連《つ》れ戻《もど》してみせる！　母《かあ》ちゃん、見守《みまも》っててくれ！」

今《いま》、ここからは見《み》えないけれど──

明日人《あすと》が見《み》つめた空《そら》と海《うみ》は、東京《とうきょう》につながっている。

自分《じぶん》たちの力《ちから》でサッカーを取《と》り戻《もど》す未来《みらい》につながっている──。

こうして伊那国中《いなくにちゅう》イレブンは、それぞれの思《おも》いを胸《むね》に、東京《とうきょう》へと旅立《たびだ》った。

見上《みあ》げた校舎《こうしゃ》の正面《しょうめん》には、黄色《きいろ》くて巨大《きょだい》な稲妻《いなずま》のマークが掲《かか》げられていた。

「わあー！　これが……雷門中《らいもんちゅう》」

明日人《あすと》が感心《かんしん》したように言《い》いながら校門《こうもん》をくぐる。その輪《わ》の中《なか》には、転校生《てんこうせい》の小僧丸《こぞうまる》もいる。校舎《こうしゃ》の前《まえ》で立《た》ち止《ど》まり大《おお》きく息《いき》を吸《す》い込《こ》むと、明日人《あすと》はサッカー部《ぶ》の先輩《せんぱい》たちの声《こえ》が聞《き》こえるように感《かん》じた。

ところで、なぜ名門校《めいもんこう》の雷門《らいもん》が、実績《じっせき》らしい実績《じっせき》どころか試合経験《しあいけいけん》さえほとんどない伊那国中《いなくにちゅう》のメンバーを転入生《てんにゅうせい》として迎《むか》え入《い》れたのか。そして雷門中《らいもんちゅう》サッカー部《ぶ》がなぜ今《いま》は活動《かつどう》を休止《きゅうし》しているのか。明日人《あすと》たちは理由《りゆう》を知《し》らされていない。

わかっていることは、1週間後《しゅうかんご》に迫《せま》った星章学園《せいしょうがくえん》との試合《しあい》に、伊那国島《いなくにじま》から来《き》た11人《にん》で挑《いど》み、勝《か》たなければならないことだけだ。

校内《こうない》をさらに進《すす》むと、ボロボロに古《ふる》びた小屋《こや》が現《あらわ》れた。正面《しょうめん》には『サッカー部《ぶ》』と書《か》かれた木《き》の看板《かんばん》がかかっている。

「もしかして、サッカー部《ぶ》の部室《ぶしつ》じゃない？」

「今《いま》は使《つか》われてないって感《かん》じだな」

のりかも万作《まんさく》も、豪華《ごうか》な校内施設《こうないしせつ》とのあまりの落差《らくさ》に、まず目《め》を疑《うたが》った。

しかし、1年前《ねんまえ》にここで日本一《にほんいち》のチームが生《う》まれたのだ。日本一《にほんいち》の雷門《らいもん》。まさかのまさかで、自分《じぶん》たちは今《いま》そこにいる。そう思《おも》うと、部員《ぶいん》たちは背筋《せすじ》が伸《の》びる思《おも》いだった。

明日人《あすと》が胸《むね》を張《は》り、顔《かお》を上《あ》げて言《い》った。

「試合《しあい》まで1週間《しゅうかん》。猛特訓《もうとっくん》して星章学園《せいしょうがくえん》に勝《か》つんだ！」

明日人《あすと》には、てっぺんしか見《み》えない。

第《だい》2章《しょう》 フィールドの悪魔《あくま》

部室《ぶしつ》らしき小屋《こや》には鍵《かぎ》がかかっていた。のりかは壁《かべ》に足《あし》をかけ、強引《ごういん》にドアを引《ひ》いた。

「やっぱ開《あ》かないか」

氷浦《ひうら》は校舎《こうしゃ》を見渡《みわた》して言《い》う。

「確《たし》かに島《しま》の学校《がっこう》と違《ちが》うな」

「なんかよ、気持《きも》ちがこう、グーッと上《あ》がってくるよな」

剛陣《ごうじん》も初《はじ》めての東京《とうきょう》に浮《う》かれていた。

「実力上《じつりょくあ》げろよ」小僧丸《こぞうまる》がボソッと言《い》う。剛陣《ごうじん》が「ああん？」と突《つ》っかかる。それを岩戸《いわと》がまあまあとなだめている。

騒《さわ》がしい集団《しゅうだん》。しかも私服《しふく》。彼《かれ》らは校内《こうない》でものすごく目立《めだ》っていた。

「あいつらじゃないか、サッカー部《ぶ》に入《はい》るっていうやつらは」

「田舎《いなか》もんがサッカーとかできんのかよ」

在校生《ざいこうせい》たちが遠巻《とおま》きに話《はな》していた。

直接《ちょくせつ》、明日人《あすと》たちに話《はな》しかけてくる生徒《せいと》もいた。女子《じょし》の集団《しゅうだん》だ。

「あなたたちが、伊那国島《いなくにじま》から来《き》たサッカーチームね」

中心《ちゅうしん》にいる、一番上品《いちばんじょうひん》そうな感《かん》じの生徒《せいと》が口《くち》を開《ひら》いた。

「私《わたし》は神門杏奈《みかどあんな》。生徒会長《せいとかいちょう》として、すべてのクラブ活動《かつどう》の管理《かんり》を担当《たんとう》しています。新生《しんせい》サッカー部《ぶ》がどうなるのか見極《みきわ》めるのも、私《わたし》たち生徒会《せいとかい》の役目《やくめ》なの」

「見極《みきわ》めてどうすんだよ？」

剛陣《ごうじん》が問《と》い返《かえ》すと、杏奈《あんな》を取《と》り巻《ま》く女子《じょし》たちが、上《うえ》から目線《めせん》で次々《つぎつぎ》にしゃべり出《だ》した。

「継続《けいぞく》する価値《かち》がないとわかれば、排除《はいじょ》します」

「スポンサーもいないチームが雷門《らいもん》を名乗《なの》るなんて、身《み》の程《ほど》知《し》らずもいいところですわ」

「まあ、来週《らいしゅう》の試合《しあい》で負《ま》ければ、私《わたし》たち生徒会《せいとかい》が決断《けつだん》するまでもないですけど」

「俺《おれ》たちは勝《か》つ！　勝《か》ってサッカーを取《と》り戻《もど》すんだ！」

「へえー、あなた、相手《あいて》が誰《だれ》だかわかって言《い》ってるの？」

一度《いちど》は言《い》い返《かえ》した明日人《あすと》だが、思《おも》わず「相手《あいて》？」と聞《き》き返《かえ》していた。

杏奈《あんな》が後《あと》を引《ひ》き取《と》る。

「星章学園《せいしょうがくえん》のエースストライカーは『フィールドの悪魔《あくま》』と呼《よ》ばれている。……彼《かれ》の名《な》は灰崎凌兵《はいざきりょうへい》」

「聞《き》いたことがあります。彼《かれ》が出《で》てくると、必《かなら》ず10点《てん》を超《こ》える大量得点《たいりょうとくてん》で星章学園《せいしょうがくえん》は勝利《しょうり》する……」奥入《おくいり》が解説《かいせつ》する。

「万《まん》が一《いち》、ランキング1位《い》の星章学園《せいしょうがくえん》にあなたたちが勝《か》つようなことがあれば、天地《てんち》がひっくり返《かえ》るわね」

「それなら、勝《か》ってひっくり返《かえ》してやる！」

明日人《あすと》は胸《むね》を張《は》る。女子《じょし》たちは困《こま》ったような顔《かお》でクスクスと笑《わら》った。

「とにかく、あなたたちの初戦《しょせん》、お手並《てな》み拝見《はいけん》といかせてもらうわ」

杏奈《あんな》たちは歩《ある》き去《さ》った。

「嫌味《いやみ》なやつらだぜ」

剛陣《ごうじん》が吐《は》き出《だ》す。

「まあ、この学校《がっこう》の人《ひと》たちから見《み》れば、僕《ぼく》らはどこの馬《うま》の骨《ほね》ともわからない田舎者《いなかもの》。そうやすやすと大人気《だいにんき》だったサッカー部《ぶ》の代《か》わりとは認《みと》めてもらえないでしょう」

奥入《おくい》りにそう言《い》われると、「それもそうか」と剛陣《ごうじん》も納得《なっとく》した。

と、そこへ、また別《べつ》の声《こえ》が近《ちか》づいてきた。

「あー、いたいた！　よかった！　あなたがたが新《しん》・雷門《らいもん》イレブン！」

今度《こんど》は明《あか》るい声《こえ》だ。手《て》を振《ふ》りながら走《はし》ってくる彼女《かのじょ》に、敵意《てきい》はなさそうだ。

「私《わたし》は、僭越《せんえつ》ながら雷門《らいもん》サッカー部《ぶ》のマネージャーを務《つと》めさせていただきます、大谷《おおたに》つくしと申《もう》します。よろしくお願《ねが》いします！」

マネージャーがつくのは、明日人《あすと》たちにとって初《はじ》めてだ。

「実《じつ》は、元《もと》のサッカー部《ぶ》のマネージャーさんたちは、選手《せんしゅ》のみなさん同様《どうよう》、今《いま》はお留守《るす》なので……」

道成《みちなり》の頭《あたま》に「？」マークが浮《う》かぶ。選手《せんしゅ》もマネージャーも「留守《るす》」とは、一体《いったい》……？

つくしはイレブンを校長室《こうちょうしつ》に案内《あんない》した。

「では話《はな》しておくとしよう。我《われ》らが雷門中《らいもんちゅう》サッカー部《ぶ》の者《もの》たちが背負《せお》った使命《しめい》を」

校長《こうちょう》は、サッカー部《ぶ》について話《はな》し始《はじ》めた。昨年《さくねん》、無名《むめい》でありながらフットボールフロンティアに出場《しゅつじょう》した雷門《らいもん》は、40年間無敗《ねんかんむはい》を誇《ほこ》った帝国学園《ていこくがくえん》に勝利《しょうり》すると、さらにそれを超《こ》える強豪《きょうごう》とうたわれた世宇子中《ぜうすちゅう》にも勝《か》ち、全国《ぜんこく》の頂点《ちょうてん》に輝《かがや》いた。しかし、現在《げんざい》、彼《かれ》らは留守《るす》である。

「そんなにすごいチームがなぜ？」

「今《いま》、彼《かれ》らは、日本《にほん》が世界《せかい》に羽《は》ばたくために力《ちから》を尽《つ》くしてくれています。サッカー強化委《きょうかい》員《いん》としてね」

「サッカー強化委員《きょうかいいん》？」

明日人《あすと》が思《おも》わず聞《き》き返《かえ》した。

サッカー強化委員《きょうかいいん》とは、選手《せんしゅ》でありコーチでもある存在《そんざい》だ。1年前《ねんまえ》の雷門《らいもん》のメンバーは、日本《にほん》サッカー全体《ぜんたい》のレベルを上《あ》げるため全国各地《ぜんこくかくち》のチームに散《ち》らばり、仲間《なかま》を引《ひ》っ張《ぱ》る役《やく》割《わり》を与《あた》えられている。実際《じっさい》、雷門《らいもん》から選手《せんしゅ》を派遣《はけん》されたチームはメキメキと実力《じつりょく》を上《あ》げていて、そのほとんどがフットボールフロンティアに出場《しゅつじょう》するのだという。

「いやあ、雷門《らいもん》サッカー部《ぶ》の遺伝子《いでんし》を持《も》ったチームと対戦《たいせん》する日《ひ》が、楽《たの》しみで仕方《しかた》ありませんね」

校長《こうちょう》は窓《まど》に近《ちか》づいて、ふと空《そら》を見上《みあ》げた。11羽《わ》の白《しろ》い鳩《はと》が、翼《つばさ》を広《ひろ》げ大空《おおぞら》を飛《と》んでいた。

校長《こうちょう》はその鳩《はと》たちを、1年前《ねんまえ》に活躍《かつやく》した教《おし》え子《ご》たちに重《かさ》ね、顔《かお》をほころばせた。

「君《きみ》たちも雷門《らいもん》の名《な》に恥《は》じぬよう、立派《りっぱ》なプレイをしてくださいね」

「はいっ！」

イレブンは、さっそく部室《ぶしつ》へと向《む》かった。オンボロの旧部室《きゅうぶしつ》ではなく、ピカピカの新部《しんぶ》室《しつ》。そこで今日《きょう》からサッカーを教《おそ》わる監督《かんとく》に会《あ》うわけだが……。

「全員整列《ぜんいんせいれつ》！」ジャージ姿《すがた》の男性《だんせい》が号令《ごうれい》をかけた。

「私《わたし》はコーチの亀田《かめた》だ。こちらが趙金雲監督《ちょうきんうんかんとく》です」

「ほーっほほほ。みなさん楽《らく》に」

やってきたのは、めちゃくちゃ怪《あや》しい男《おとこ》だった。束《たば》ねられた長髪《ちょうはつ》が、頭《あたま》のてっぺんでサソリの尻尾《しっぽ》のようになっている。大《おお》きくて丸《まる》い顔《かお》は、これまた太《ふと》い首《くび》で支《ささ》えられていて、さらにおなかも風船《ふうせん》のようだ。そして彼《かれ》の全身《ぜんしん》を、ガウンのような丈《たけ》の長《なが》いチャイナ服《ふく》がすっぽりと包《つつ》んでいた。

趙監督《ちょうかんとく》が、さっそく明日人《あすと》たちに最初《さいしょ》の指示《しじ》を飛《と》ばした。

「それではユニフォームに着替《きが》えてきてください」

伝説《でんせつ》の雷門《らいもん》のユニフォーム！　ゴールキーパーののりかは紫色《むらさきいろ》の、そのほかフィールドプレイヤーは黄色《きいろ》のユニフォームに袖《そで》を通《とお》した。

「雷門《らいもん》のユニフォームを着《き》ることができるなんて、感動《かんどう》！」

「気分出《きぶんで》ますね」

「俺《おれ》たちが雷門《らいもん》イレブンなんだな」

「少《すこ》しだけど実感《じっかん》が湧《わ》いてくる」

「興奮《こうふん》してきたでゴス」

選手《せんしゅ》たちがめちゃめちゃ感動《かんどう》しているところに、マネージャーのつくしが何《なに》か箱《はこ》を持《も》ってロッカールームに入《はい》ってきた。

「みなさん、素敵《すてき》です！　元《もと》の雷門《らいもん》のみなさんが頑張《がんば》っていたとこ、思《おも》い出《だ》しちゃいました」と、つくしは目《め》をうるうるさせている。

「そっか、つくしさんは円堂《えんどう》さんたちのこと知《し》ってるんですよね」明日人《あすと》が答《こた》える。

「誰《だれ》だそれ？」と、つぶやいたのは剛陣《ごうじん》だ。

「えええええ!!」

一同《いちどう》は一瞬《いっしゅん》たじろいだ後《のち》、声《こえ》を上《あ》げた。

「剛陣先輩《ごうじんせんぱい》、それやばいです」

「まさかそこまでとは」

道成《みちなり》が説明《せつめい》する。

「円堂守《えんどうまもる》。無名《むめい》だった雷門中《らいもんちゅう》を全国優勝《ぜんこくゆうしょう》にまでのしあげた伝説《でんせつ》のキャプテン……」

「うえーん、たしかに円堂《えんどう》くんはすごい人《ひと》でしたよ！　はっ、いけない。泣《な》いてる場合《ばあい》じゃない。みなさん！　これよりイレブンバンドをお配《くば》りしますね」

つくしは、胸《むね》に抱《かか》えた箱《はこ》から、手首《てくび》に巻《ま》くデジタル端末《たんまつ》を取《と》り出《だ》し、配《くば》り始《はじ》めた。

「イレブンバンド？」

「これもサッカー選手《せんしゅ》に義務《ぎむ》づけられた制度《せいど》の一《ひと》つです。そのバンドで選手《せんしゅ》の運動量《うんどうりょう》を測《はか》ったり、試合中《しあいちゅう》では監督《かんとく》からの指示《しじ》を受《う》けたりできるんですよ」

「へえー」

「過度《かど》な練習《れんしゅう》をやらされてないかとか、体調《たいちょう》は万全《ばんぜん》かとか、みなさんを守《まも》るためでもあるんですよ」

部員《ぶいん》たちは渡《わた》されたバンドを巻《ま》いて、目《め》につくボタンを押《お》したりしていた。すると、全《ぜん》員《いん》のイレブンバンドが一斉《いっせい》に「ピピピピ」という発信音《はっしんおん》を響《ひび》かせた。

「あ、それが監督《かんとく》からの集合《しゅうごう》の合図《あいず》ですね」


集合《しゅうごう》の合図《あいず》を受《う》けて、イレブンは室内《しつない》グラウンドへ走《はし》り、趙監督《ちょうかんとく》の前《まえ》で整列《せいれつ》した。

その直前《ちょくぜん》まで、監督《かんとく》は亀田幸則《かめたゆきのり》コーチと話《はなし》をしながら、なぜか中国拳法《ちゅうごくけんぽう》「クンフー」の動作《どうさ》をしていたのだが、明日人《あすと》たちはそのことにまったく気《き》づいていない。

「初日《しょにち》ですが、さっそく練習《れんしゅう》ですよ。みなさん覚悟《かくご》はよろしいですか？　では、１週間後《しゅうかんご》の試合《しあい》に向《む》けた練習《れんしゅう》プランを説明《せつめい》します」

趙監督《ちょうかんとく》はタブレット端末《たんまつ》に目《め》を落《お》とし、読《よ》み上《あ》げる。
「えーと本日《ほんじつ》、1日目《にちめ》。河川敷《かせんしき》を走《はし》る。川沿《かわぞ》いコース100往復《おうふく》。1日目《にちめ》、以上《いじょう》」
イレブン全員《ぜんいん》、驚《おどろ》きのあまり唖然《あぜん》とした。
続《つづ》けて読《よ》み上《あ》げられた2日目《かめ》以降《いこう》の練習《れんしゅう》メニューは、こんな感《かん》じだった。
2日目《かめ》　稲妻坂《いなずまざか》の上《のぼ》り下《お》り100回《かい》
3日目《かめ》　展望公園《てんぼうこうえん》タイヤ引《ひ》き100周《しゅう》
4日目《かめ》　稲妻商店街《いなずましょうてんがい》のゴミ拾《ひろ》い、一人《ひとり》100袋《ふくろ》ずつ
5日目《かめ》　鶴亀公園外周《つるかめこうえんがいしゅう》のドリブル100周《しゅう》
6日目《かめ》　休憩《きゅうけい》
「えー――――っ!?」
「ではみなさん、島《しま》から出《で》てきて水《みず》が合《あ》わず、つらいと思《おも》いますが、早《はや》くこの町《まち》に慣《な》れてくださいね。はい、ミーティングはここまで！」
趙監督《ちょうかんとく》はタブレットを亀田《かめた》コーチにポイッと投《な》げ渡《わた》し、歩《ある》き去《さ》ろうとした。
「ちょ、待《ま》ってくれよ！」と、剛陣《ごうじん》が呼《よ》び止《と》める。

「俺《おれ》たちは勝《か》つための特訓《とっくん》をしたいんだ。必殺技《ひっさつわざ》とかそういうの頼《たの》む！」

「うーん、そんなに焦《あせ》らなくてもいいでしょ」

監督《かんとく》は背《せ》を向《む》けたまま答《こた》えた。

剛陣《ごうじん》は必死《ひっし》で詰《つ》め寄《よ》った。

「だーかーら！　こちとら次《つぎ》の試合《しあい》に勝《か》たなきゃ、サッカーできなくなるんだよ！」

「ふーん……なるほど。ではお聞《き》きしますが、これからサッカーを続《つづ》けていくために、あなたがたがすべきことは何《なん》だと思《おも》いますか？」

「それは、やっぱり練習《れんしゅう》です」と服部《はっとり》。

「それで？」

「練習《れんしゅう》をやりまくって、星章学園《せいしょうがくえん》をぶっ倒《たお》す！」これは剛陣《ごうじん》。

「それで？」

「スポンサーがついて、サッカーを続《つづ》けられるようになります」

最後《さいご》に明日人《あすと》がそう答《こた》えた。

趙監督《ちょうかんとく》はスマホのカウントダウンアプリを顔《かお》の前《まえ》にかざし、「チクタクチクタク、ブブーッ！」と、自分《じぶん》の口《くち》で言《い》った。

「えー、なんでですか⁉」

「あなたがたがサッカーを続《つづ》けていく方法《ほうほう》……それは……」

イレブンはゴクリと唾《つば》を飲《の》み込《こ》んだ。趙監督《ちょうかんとく》は一人一人《ひとりひとり》の顔《かお》を順番《じゅんばん》に見渡《みわた》して言《い》った。

「ズバリ！　負《ま》けないことですね」

全員《ぜんいん》、漫画《まんが》のようにズッこけた。

剛陣《ごうじん》は激高《げっこう》し、趙監督《ちょうかんとく》につかみかかる勢《いきお》いで、唾《つば》を飛《と》ばして怒鳴《どな》りつけた。

「何《なに》この太《ふと》っちょ、人《ひと》をおちょくってやがる！　だから勝《か》つための特訓《とっくん》がいるんだろうが！」

「ほーっほほほ」

趙監督《ちょうかんとく》の怪《あや》しい笑《わら》い声《ごえ》が、グラウンドにこだました。

「言《い》っておきますが、私《わたし》の練習指示《れんしゅうしじ》は絶対《ぜったい》ですよ。サボったらそのイレブンバンドですぐにわかりますからね。ほーっほほほほほ」

隣《となり》に立《た》つ亀田《かめた》コーチは、部員《ぶいん》にバレないように不安《ふあん》を押《お》し隠《かく》していた。実《じつ》はイレブンをグラウンドに集合《しゅうごう》させる直前《ちょくぜん》、趙監督《ちょうかんとく》からとんでもないことを聞《き》いてしまったのだ。

この謎《なぞ》の中国人《ちゅうごくじん》、クンフーの覚《おぼ》えはあるものの、サッカーはまったく未経験《みけいけん》なのである。


「なんかちがわねーか？」

イレブンは納得《なっとく》がいかなかった。それでも、やるしかない。

言《い》われるがまま河川敷《かせんしき》を走《はし》り続《つづ》けた。

だが、そんな事情《じじょう》を知《し》らない町《まち》の人々《ひとびと》は、雷門《らいもん》のユニフォームを見《み》かけただけで足《あし》を止《と》め、うれしそうにイレブンに声《こえ》をかけていた。


鉄塔《てっとう》が見下《みお》ろす稲妻町《いなずまちょう》の町並《まちな》みは、夕焼《ゆうや》けに赤《あか》く染《そ》まっていた。

練習《れんしゅう》を終《お》えたイレブンが、重《おも》たい体《からだ》を引《ひ》きずるように歩《ある》いていた。

「死《し》にそうです……なんで試合前《しあいまえ》に体力《たいりょく》づくりですか」

奥入《おくいり》が弱音《よわね》を吐《は》いた。

「来《き》て早々《そうそう》にこれかよ……」さすがの剛陣《ごうじん》も力《ちから》なくぼやく。

「でも、町《まち》の人《ひと》からいっぱい声《こえ》かけられたね」

そう言《い》うのりかに、氷浦《ひうら》が続《つづ》ける。

「雷門《らいもん》のユニフォームは、この町《まち》の人《ひと》にとっては神聖《しんせい》なものだろうからな」

そんなことを話《はな》しているうちに、イレブンはやっと新居《しんきょ》にたどり着《つ》いた。

「ここみたいですよ、木枯《こが》らし荘《そう》」

汗《あせ》だくの顔《かお》で明日人《あすと》が言《い》う。

「これから、俺《おれ》たちはここに住《す》むことになるんだな」

「新築《しんちく》ねー。木《き》の匂《にお》いとかいい感《かん》じ」

万作《まんさく》とのりかはうれしそうだ。

岩戸《いわと》は相変《あいか》わらず緊張《きんちょう》している。

「島以外《しまいがい》のところで寝《ね》るのは初《はじ》めてでゴス。眠《ねむ》れるか心配《しんぱい》でゴス」

「すぐに慣《な》れるよ」

「ハンちゃんは、東京《とうきょう》に出《で》てきて不安《ふあん》でないでゴスか？」

「うーん。ないと言《い》ったら嘘《うそ》になるけど、なんかワクワクのほうが大《おお》きいっていうか」

「ハンちゃんはすごいでゴス」

「サッカーができるだけじゃない。フットボールフロンティアに出場《しゅつじょう》できるんだ。夢《ゆめ》みたいだ」

あらためて喜《よろこ》びを言葉《ことば》にした明日人《あすと》に対《たい》し、「負《ま》ければそこで終了《しゅうりょう》だけどな」と小僧丸《こぞうまる》が冷《ひ》や水《みず》をかける。

「勝《か》つさ、絶対《ぜったい》に」

明日人《あすと》の目《め》は、真剣《しんけん》そのものだ。


そんなイレブンたちの目《め》の前《まえ》に、突然《とつぜん》小柄《こがら》な女性《じょせい》が現《あらわ》れた。

「あんたたちが、田舎島《いなかじま》の少年《しょうねん》たちだね！」

「ああ!?　こら、ばあさん、伊那国島《いなくにじま》だ。間違《まちが》えんな」

「あら、そうなの。うろ覚《おぼ》え、めんごめんご」

いかつい剛陣《ごうじん》を余裕《よゆう》で受《う》け流《なが》すこの女性《じょせい》こそ、木枯《こが》らし荘《そう》の管理人《かんりにん》だった。

「あなたが管理人《かんりにん》の風秋《かぜあき》さんですね」スマホのメモを見《み》ながら道成《みちなり》が確認《かくにん》する。

「風秋《かぜあき》ヨネだよ。ヨネさんとでも呼《よ》びな。さあ、入《はい》った入《はい》った」

ヨネは笑顔《えがお》で答《こた》えて、イレブンたちを迎《むか》え入《い》れた。


夜《よる》になると、明日人《あすと》は氷浦《ひうら》と一緒《いっしょ》に屋上《おくじょう》の物干《ものほ》し台《だい》で空《そら》を眺《なが》めた。

「フィールドの悪魔《あくま》と対決《たいけつ》か。なんかワクワクする」

「明日人《あすと》は怖《こわ》くないのか？　つぶされるかもしれないんだ。それに、負《ま》けたら島《しま》のみんなに顔向《かおむ》けできないしな」

「でもさ、サッカーで強《つよ》いやつと戦《たたか》える……。しかも全国《ぜんこく》レベルだ。怖《こわ》いって気持《きも》ちもあるけど、どんな戦《たたか》い方《かた》をするのか楽《たの》しみだろ」

明日人《あすと》はどこまでも純粋《じゅんすい》にサッカーを愛《あい》している。

その横顔《よこがお》を氷浦《ひうら》はずっと見《み》つめていた。

「きっとすげーやつなんだろうな」

「ふふ、おまえらしいな。明日人《あすと》はいつも前《まえ》に向《む》かって進《すす》んでいるんだな」

「俺《おれ》さ、母《かあ》ちゃんに約束《やくそく》したんだ。きっとサッカーを連《つ》れて帰《かえ》るって……」

「ああ、俺《おれ》たちのサッカーを取《と》り戻《もど》そう」

「うん！」

二人《ふたり》の頭上《ずじょう》には、きれいな星《ほし》が瞬《またた》いていた。

星《ほし》は大昔《おおむかし》の人々《ひとびと》にとって、方角《ほうがく》を示《しめ》す道《みち》しるべの役割《やくわり》を果《は》たしていた。そして今夜《こんや》、稲妻町《いなずまちょう》の夜空《よぞら》に輝《かがや》く星《ほし》も、伊那国島《いなくにじま》から大《おお》きな海《うみ》へ漕《こ》ぎ出《だ》した冒険者《ぼうけんしゃ》たちに夢《ゆめ》の方向《ほうこう》を示《しめ》しているかのようだった。

星章学園戦《せいしょうがくえんせん》まであと1週間《しゅうかん》。

明日人《あすと》たちは、向《む》かうべき場所《ばしょ》を見失《みうしな》ってはいない。


星《ほし》をかたどった天井《てんじょう》が、明日人《あすと》たちの頭上《ずじょう》を覆《おお》っている。

ついに迎《むか》えた試合《しあい》の日《ひ》。星章学園《せいしょうがくえん》スタジアムにはランキング1位《い》の強豪《きょうごう》を見《み》ようと、大勢《おおぜい》の観客《かんきゃく》が集《あつ》まっていた。四方《しほう》の観客席《かんきゃくせき》から沸《わ》き起《お》こる歓声《かんせい》は、星形《ほしがた》の天井《てんじょう》に跳《は》ね返《かえ》って両《りょう》チームの選手《せんしゅ》たちに降《ふ》り注《そそ》いでいる。

その観客席《かんきゃくせき》の一角《いっかく》に、雷門中生徒会長《らいもんちゅうせいとかいちょう》の杏奈《あんな》とそのグループが固《かた》まっていた。明日人《あすと》たちが「雷門《らいもん》」の名《な》にふさわしいかどうか見定《みさだ》めるためだ。

別《べつ》のブロックには、王帝月ノ宮中《おうていつきのみやちゅう》の2年生《ねんせい》キャプテン野坂悠馬《のさかゆうま》と、彼《かれ》の参謀役《さんぼうやく》といえる2年生《ねんせい》GK《ゴールキーパー》西蔭政也《にしかげせいや》が腰《こし》を下《お》ろしていた。

グラウンドでは、両《りょう》チームの選手《せんしゅ》たちがそれぞれのポジションに散《ち》っていった。

雷門《らいもん》のフォーメーションは3―4―3。

GK《ゴールキーパー》は、のりか（背番号《せばんごう》1）。

DF《ディフェンダー》3人《にん》は左《ひだり》から日和《ひより》（2）、岩戸《いわと》（5）、万作《まんさく》（3）。

MF《ミッドフィルダー》は4人《にん》。左《ひだり》から奥入《おくいり》（8）、道成《みちなり》（6）、服部《はっとり》（4）、氷浦《ひうら》（7）。

FW《フォワード》は左《ひだり》に剛陣《ごうじん》（9）、右《みぎ》に小僧丸《こぞうまる》（11）、そしてトップに明日人《あすと》（10）。

対《たい》する星章学園《せいしょうがくえん》は4―3―3。

GK《ゴールキーパー》天野政道《あまのまさみち》（背番号《せばんごう》1）。

DF《ディフェンダー》は左《ひだり》から八木原克己《やぎはらかつみ》（4）、白鳥《しらとり》つむぎ（3）、水神矢成龍《みずかみやせいりゅう》（5）、古都野富夫《ことのとみお》（2）。

MF《ミッドフィルダー》は三角形《さんかくけい》。深《ふか》めの位置《いち》は左《ひだり》が双子玉川哲也《ふたごたまがわてつや》（6）で、右《みぎ》が魚島鮫治《うおしまさめはる》（7）。二人《ふたり》の前《まえ》に佐曽塚瑛士《さそつかえいじ》（9）。

FW《フォワード》は左《ひだり》に早乙女聖也《さおとめせいや》（8）、右《みぎ》に折緒冬輝《おりおふゆき》（10）、トップが灰崎凌兵《はいざきりょうへい》（11）。灰崎《はいざき》はただ一人《ひとり》の1年生《ねんせい》。それ以外《いがい》の10人《にん》が2年生《ねんせい》という先発《せんぱつ》メンバーだ。

間《ま》もなく試合《しあい》が始《はじ》まる。

ただその頃《ころ》、雷門《らいもん》ベンチでは、コーチと監督《かんとく》とのちょっとしたいざこざが起《お》きていた。

「この試合《しあい》は棄権《きけん》すべきでした。やる前《まえ》から結果《けっか》は見《み》えています。この状態《じょうたい》でフィールドの悪魔《あくま》にぶつけるなんて、あなたはあの子《こ》たちをつぶす気《き》ですか？」

亀田《かめた》コーチの苦言《くげん》には答《こた》えず、趙監督《ちょうかんとく》は「ふふふ」と不敵《ふてき》に笑《わら》うばかりだった。


センターサークルにボールをセットした明日人《あすと》は、母《はは》の言葉《ことば》を思《おも》い出《だ》していた。

〝サッカーはいなくならない。おまえが必要《ひつよう》とする限《かぎ》り、サッカーはそこにある〟

「見《み》てろよ母《かあ》ちゃん。俺《おれ》は、サッカーを取《と》り戻《もど》す」

主審《しゅしん》のホイッスルが試合開始《しあいかいし》を告《つ》げると、明日人《あすと》たちのイレブンバンドに『KICK《キック》 OFF《オフ》』の文字《もじ》が表示《ひょうじ》され、その文字《もじ》は『30：00』『29：59』……と、残《のこ》り時間《じかん》のカウントダウンに切《き》り替《か》わった。

雷門《らいもん》は立《た》ち上《あ》がりから積極的《せっきょくてき》に敵陣《てきじん》へと攻《せ》め込《こ》んでいく。明日人《あすと》と剛陣《ごうじん》が華麗《かれい》に相手《あいて》をかわしながらボールを運《はこ》び、雷門《らいもん》の10人全体《にんぜんたい》を押《お》し上《あ》げていく。

趙監督《ちょうかんとく》が、ベンチ内《ない》で意味《いみ》ありげにつぶやいた。

「始《はじ》まりますよ。世紀《せいき》の番《ばん》くるわせが」

明日人《あすと》が相手二人《あいてふたり》を同時《どうじ》に抜《ぬ》き去《さ》る。雷門《らいもん》が早《はや》くも相手《あいて》ゴールに近《ちか》づいた。

一方《いっぽう》の星章学園《せいしょうがくえん》としては、無名《むめい》のイレブンに苦戦《くせん》しているようでは全国《ぜんこく》ランク1位《い》の名《な》がすたる。FW《フォワード》の折緒《おりお》も自陣《じじん》に戻《もど》り、水神矢《みずかみや》とともに明日人《あすと》の行《ゆ》く手《て》に立《た》ちはだかった。

二人《ふたり》にドリブルで突《つ》っ込《こ》んでいった明日人《あすと》は、次《つぎ》の瞬間《しゅんかん》、体《からだ》を反転《はんてん》させて後《うし》ろにパスを出《だ》した。意表《いひょう》を突《つ》く選択《せんたく》だ。

明日人《あすと》の下《さ》げたボールに走《はし》り込《こ》んだのは、小僧丸《こぞうまる》だ。スピードに乗《の》った小僧丸《こぞうまる》が、足《あし》の止《と》まった相手《あいて》を置《お》き去《ざ》りにする。続《つづ》けざま、カバーに入《はい》った古都野《ことの》もかわす。

そして……宙《ちゅう》に浮《う》かせたボールを、かかとで高々《たかだか》と蹴《け》り上《あ》げた。

明日人《あすと》や剛陣《ごうじん》が思《おも》わず見上《みあ》げた先《さき》で、小僧丸《こぞうまる》はきりもみ回転《かいてん》しながら宙《ちゅう》に舞《ま》った。

小僧丸《こぞうまる》は炎《ほのお》の竜巻《たつまき》をまとい、上空《じょうくう》からボールを叩《たた》き落《お》とす。炎《ほのお》が乗《の》り移《うつ》ったボールは、灰崎《はいざき》の長髪《ちょうはつ》をかすめて星章学園《せいしょうがくえん》ゴールに突《つ》き刺《さ》さった！

イレブンは初《はじ》めて知《し》った。おデブなこの転校生《てんこうせい》が、必殺技《ひっさつわざ》をマスターしていたことを。

小僧丸《こぞうまる》の『ファイアトルネード』が炸裂《さくれつ》して、なんと雷門《らいもん》が先制《せんせい》！

しかも星章学園《せいしょうがくえん》は、試合《しあい》が始《はじ》まってからまだ誰《だれ》も、一度《いちど》もボールに触《さわ》っていない。

会場《かいじょう》は凍《こお》りついていた。

静寂《せいじゃく》の中《なか》で、日和《ひより》は剛陣《ごうじん》のうめき声《ごえ》を耳《みみ》にした。

「これが……ファイアレ……」

「トルネードですよ」

その直後《ちょくご》、大歓声《だいかんせい》が選手《せんしゅ》たちの頭上《ずじょう》から降《ふ》ってきた。

小僧丸《こぞうまる》は表情《ひょうじょう》こそほとんど変《か》えていないが、宙返《ちゅうがえ》りして喜《よろこ》びを表現《ひょうげん》した。彼《かれ》のイレブンバンドには『GOAL《ゴール》』の文字《もじ》が光《ひか》っていた。

大喜《おおよろこ》びで抱《だ》き合《あ》う雷門《らいもん》イレブン。対《たい》する星章学園《せいしょうがくえん》はショックを受《う》けていた。まさか必殺《ひっさつ》技《わざ》を使《つか》える選手《せんしゅ》がいるとは……。

「あれ何《なに》？　……おもしれえ。聞《き》いてねえし」

つぶやいたのは灰崎《はいざき》だ。彼《かれ》は雷門《らいもん》イレブンをにらみつけた。

「フハハハハ！　俺《おれ》、ついに見《み》つけちゃったかもしんない。あんたの言《い》う〝光《ひかり》〟ってやつをよ。鬼道《きどう》！」

灰崎《はいざき》は、誰《だれ》もが知《し》る伝説《でんせつ》のプレーヤーの名《な》を、なぜか口《くち》にした。


その頃《ころ》、やはり雷門《らいもん》イレブンを気《き》にする人物《じんぶつ》が観客席《かんきゃくせき》にもいた。

王帝月ノ宮《おうていつきのみや》の野坂《のさか》だ。隣《となり》に立《た》つ西蔭《にしかげ》に言《い》う。

「彼《かれ》らの目《め》。サッカーをやって、彼《かれ》らは楽《たの》しんでいるの？」

「それはないでしょう」

「……だよね」

星章学園《せいしょうがくえん》ボールで試合《しあい》が再開《さいかい》された。

灰崎《はいざき》は折緒《おりお》、佐曽塚《さそつか》とともに、らせんを描《えが》きながら攻《せ》め上《あ》がった。

「！」

何《なに》か仕掛《しか》けてくる。雷門《らいもん》イレブンが身構《みがま》える。灰崎《はいざき》は重々《おもおも》しく言《い》った。

「デスゾーン開始《かいし》」

灰崎《はいざき》がボールを蹴《け》り上《あ》げたのを合図《あいず》に、3人《にん》は高《たか》くジャンプ。空中《くうちゅう》でボールを囲《かこ》むように三角形《さんかくけい》の陣《じん》『デスゾーン』をつくる。黒《くろ》いオーラが中心《ちゅうしん》に集《あつ》まる。

3人《にん》が3方向《ほうこう》から同時《どうじ》にシュート！

巨大《きょだい》なオーラに包《つつ》まれたボールは、万作《まんさく》、服部《はっとり》、日和《ひより》、岩戸《いわと》、そして必死《ひっし》で腕《うで》を伸《の》ばしたのりかまでをも弾《はじ》き飛《と》ばし、雷門《らいもん》ゴールを陥《おとしい》れた。

あっという間《ま》の同点劇《どうてんげき》。

「これが敵《てき》の必殺技《ひっさつわざ》」

「強烈《きょうれつ》でゴスな」

「くそっ、なんて威力《いりょく》だ」

顔《かお》を歪《ゆが》める彼《かれ》らを、見下《みくだ》す声《こえ》が聞《き》こえた。

「どうした？　立《た》てよ雑魚《ざこ》」

フィールドの悪魔《あくま》が不気味《ぶきみ》に笑《わら》っていた。

ひとたび灰崎《はいざき》に目《め》をつけられたら最後《さいご》、どんなチームも再起不能《さいきふのう》になるまで叩《たた》きのめされてきた。まるで悪魔《あくま》に魅入《みい》られたように。

ただし、灰崎《はいざき》が試合《しあい》に出《で》るのは3回《かい》に1回《かい》。今日《きょう》この雷門戦《らいもんせん》に出場《しゅつじょう》すると決《き》めたのには、理由《りゆう》があった。

数日前《すうじつまえ》のことだ。

灰崎《はいざき》はシャワールームで汗《あせ》を洗《あら》い流《なが》していた。

隣《となり》のブースに誰《だれ》かがやってきて、バスタオルとゴーグルをドアにかけた。

「次《つぎ》の雷門《らいもん》との試合《しあい》、出《で》てもらうからな」

少《すこ》し鼻《はな》にかかった特徴的《とくちょうてき》な声《こえ》。灰崎《はいざき》は「鬼道《きどう》か？」と聞《き》き返《かえ》し、シャワーを止《と》めた。

「試合《しあい》に出《で》るかどうかは俺自身《おれじしん》で決《き》める。強化委員《きょうかいいん》であろうと俺《おれ》に指図《さしず》はさせねえ」

「そうか。だが、おまえは出《で》るさ」

星章学園《せいしょうがくえん》に派遣《はけん》されたサッカー強化委員《きょうかいいん》。それは『ピッチの絶対指導者《ぜったいしどうしゃ》』と呼《よ》ばれる鬼《き》道有人《どうゆうと》だった。

灰崎《はいざき》の心《こころ》を見通《みとお》すように、鬼道《きどう》がクールにささやいた。

「おまえは探《さが》している。自分《じぶん》を闇《やみ》から救《すく》ってくれる何《なに》かを……。雷門《らいもん》は、おまえにとっての〝光《ひかり》〟になるかもしれない」


試合《しあい》は続《つづ》いていた。

スタジアムの得点《とくてん》ボードには5―1の文字《もじ》。星章学園《せいしょうがくえん》があっさりと逆転《ぎゃくてん》していた。

明日人《あすと》の目《め》はまだあきらめていない。だが、もう息《いき》が上《あ》がっていた。

「期待外《きたいはず》れか」と灰崎《はいざき》が嘆《なげ》く。〝光《ひかり》〟には程遠《ほどとお》いと言《い》わんばかりに。

「鬼道《きどう》……こいつらのどこに戦《たたか》う価値《かち》がある？」

灰崎《はいざき》は雷門《らいもん》の息《いき》の根《ね》を止《と》めにかかった。6点《てん》、7点《てん》、8点《てん》、9点《てん》……。次々《つぎつぎ》とゴールを陥《おとしい》れた。

そして終盤《しゅうばん》。

高《たか》くジャンプした灰崎《はいざき》が指笛《ゆびぶえ》を吹《ふ》く。すると地面《じめん》からペンギンたちが現《あらわ》れた。

ペンギンを操《あやつ》る必殺技《ひっさつわざ》……といえば、あの帝国学園《ていこくがくえん》が伝統的《でんとうてき》に使《つか》う技《わざ》だ。

しかし今《いま》、灰崎《はいざき》が打《う》とうとしているのは、過去《かこ》のどんなペンギン技《わざ》とも違《ちが》っていた。

ペンギンたちはロケットのように空中《くうちゅう》へ飛《と》び立《た》った。そして複雑《ふくざつ》な軌道《きどう》を描《えが》きながら、一羽《いちわ》ずつボールに突《つ》き刺《さ》さった。

「オーバーヘッドペンギン！」

灰崎《はいざき》が空中《くうちゅう》で宙返《ちゅうがえ》りしながらシュート。するとボールとペンギンたちが編隊飛行《へんたいひこう》で急降下《きゅうこうか》した。

「みんなあきらめちゃダメだ！　これ以上点《いじょうてん》はやらない！」

明日人《あすと》たちは汗《あせ》を飛《と》び散《ち》らせながら、ペンギンを追《お》って走《はし》った。ひたすら走《はし》った。でも、どうしても追《お》いつけない。

「止《と》めてみせる！」

のりかも立《た》ち向《む》かった。しかし体《からだ》ごと吹《ふ》き飛《と》ばされた。

そこで試合終了《しあいしゅうりょう》の笛《ふえ》。

10──1。

負《ま》けた。必《かなら》ず勝《か》たなければならなかったのに。雷門《らいもん》はあえなく、フィールドの悪魔《あくま》の餌《え》食《じき》になった。

「この程度《ていど》かよ。ふっ……期待《きたい》した俺《おれ》がバカだったぜ」

灰崎《はいざき》はピッチを去《さ》った。

だがその様子《ようす》がいつもと違《ちが》う。そう気《き》づいたのは、星章学園《せいしょうがくえん》の久遠道也《くどうみちや》監督《かんとく》だった。

「珍《めずら》しいな。おまえが熱《あつ》くなるとはな」

「ちょっとあいつらのサッカーを見《み》てムカついただけだ」

「ほう」

「雑魚《ざこ》のくせに、目《め》だけはいっちょまえにギラギラさせてやがった」

「ああ。おまえがあいつらを見《み》てイラついた理由《りゆう》は、あいつらが本気《ほんき》で勝《か》とうとしていたからだ」

思《おも》いがけない指摘《してき》に、灰崎《はいざき》はキッと目《め》を見開《みひら》いた。

野坂《のさか》は、観客席《かんきゃくせき》から敗者《はいしゃ》を見《み》つめていた。

「西蔭《にしかげ》。あの雷門《らいもん》のこと、少《すこ》し調《しら》べてくれないか」

雷門《らいもん》は、野坂《のさか》の心《こころ》にも何《なに》かを残《のこ》したようだ。

一方《いっぽう》、雷門《らいもん》イレブンの心《こころ》はボロボロだった。

「これで終《お》わりですね」

「もうサッカーはできないんだね」

「こんなにもあっけなく終《お》わるなんて……」

観客席《かんきゃくせき》の杏奈《あんな》は、そんなイレブンの態度《たいど》にがっかりしていた。

「やはりこの程度《ていど》。所詮《しょせん》、田舎島《いなかじま》の野良猫《のらねこ》ってところかしら」

そう杏奈《あんな》が思《おも》った時《とき》、明日人《あすと》が叫《さけ》んだ。

「みんな！　なんだよその顔《かお》は！　絶対《ぜったい》にサッカーはいなくならない！　あきらめなければ必《かなら》ずチャンスは来《く》る！」

「明日人《あすと》……」

「俺《おれ》たち、今《いま》までサッカーに救《すく》われてきた。つらいことだって乗《の》り越《こ》えられてきたんだ。だから、サッカーは渡《わた》さない。いつか絶対《ぜったい》に取《と》り返《かえ》す！」

明日人《あすと》は前《まえ》を向《む》いた。明日人《あすと》はいつも、明日《あした》を見《み》ている。

イレブンは顔《かお》を上《あ》げた。

馴染《なじ》めなかった小僧丸《こぞうまる》の、明日人《あすと》を見《み》る目《め》が変《か》わった。

そして杏奈《あんな》は、ハッと息《いき》をのんだ。


その後《ご》、数時間《すうじかん》が経過《けいか》した。

冷《つめ》たい雰囲気《ふんいき》の漂《ただよ》う部屋《へや》で、無表情《むひょうじょう》な男《おとこ》が大《おお》きな椅子《いす》に身《み》を沈《しず》めている。

部屋《へや》の壁一面《かべいちめん》を埋《う》める大型《おおがた》スクリーンには、星章学園対雷門《せいしょうがくえんたいらいもん》の映像《えいぞう》が再生《さいせい》されていた。

デスクの脇《わき》に立《た》つ女《おんな》が、沈黙《ちんもく》を破《やぶ》った。

「アレスの予想《よそう》どおり。星章学園《せいしょうがくえん》の勝利《しょうり》ですね」

「当然《とうぜん》だ。アレスはすべてを見通《みとお》している」男《おとこ》が答《こた》えた。

「しかし、あの雷門《らいもん》のチーム……何《なに》か引《ひ》っかかる」

「そうですか。私《わたし》にはただの田舎者《いなかもの》たちの集《あつ》まりにしか見《み》えませんが……」

女《おんな》が感情《かんじょう》のこもらない声《こえ》でそう言《い》って、男《おとこ》のほうを振《ふ》り返《かえ》った。

男《おとこ》の背後《はいご》には、『GEKKO《ゲッコー》』の文字《もじ》を刻《きざ》んだプレートが掲《かか》げられていた。

約束《やくそく》の勝利《しょうり》を挙《あ》げられなかったので、明日人《あすと》たちがもう雷門《らいもん》でプレーすることはない。

彼《かれ》らは島《しま》へ帰《かえ》る前《まえ》に、つかの間《ま》の東京観光《とうきょうかんこう》へと繰《く》り出《だ》した。

トキオ・サンシャインタワーの展望台《てんぼうだい》。伊那国島《いなくにじま》の「てっぺん崖《がけ》」よりもずっとずっと高《たか》いこの場所《ばしょ》から、明日人《あすと》たちは東京《とうきょう》の町並《まちな》みを見渡《みわた》していた。

「これが東京《とうきょう》のてっぺんかぁ」

地面《じめん》を埋《う》め尽《つ》くすビルの群《む》れが、明日人《あすと》の瞳《ひとみ》に映《うつ》った。瞳《ひとみ》の中《なか》で、景色《けしき》がジワリとにじんだ。

「ここでサッカーができると思《おも》ったのに……。母《かあ》ちゃんごめん、俺《おれ》……」

明日人《あすと》につられて、服部《はっとり》、岩戸《いわと》、剛陣《ごうじん》、のりかたちも涙《なみだ》を落《お》とした。

「うわあああん」と声《こえ》を上《あ》げて、みんなが号泣《ごうきゅう》する。

「おいおい、こんなとこでかよ」小僧丸《こぞうまる》はあきれてしまう。

周《まわ》りの観光客《かんこうきゃく》は何事《なにごと》かと驚《おどろ》き、明日人《あすと》たちを見《み》つめている。

「はいはいはい、雷門《らいもん》イレブンのみなさん」

人垣《ひとがき》の中《なか》から、明《あか》るい声《こえ》が聞《き》こえてきた。

明日人《あすと》が頬《ほほ》をぬぐって、ふっと顔《かお》を上《あ》げた。仕立《した》てのよいスーツを着《き》たメガネの男性《だんせい》が、明日人《あすと》たちに微笑《ほほえ》みかけている。

「あなたがたのプレイには感動《かんどう》いたしました。実《じつ》にすばらしい！」

「誰《だれ》ですか？」

「わたくし、アイランド観光《かんこう》の社長《しゃちょう》、島袋幾太郎《しまぶくろいくたろう》と申《もう》します。お見知《みし》り置《お》きを」

「あのアイランド観光《かんこう》！」

のりかの声《こえ》が跳《は》ねた。アイランド観光《かんこう》といえば有名《ゆうめい》な旅行会社《りょこうがいしゃ》だ。

「俺《おれ》たちのプレイ見《み》てくれたんですね。ありがとうございます！」

明日人《あすと》がお辞儀《じぎ》しながら礼《れい》を言《い》う。

「いやー、本当《ほんとう》に感動的《かんどうてき》な試合《しあい》でした」

「どこがですか！　一方的《いっぽうてき》に負《ま》けたんですよ！」

日和《ひより》が言《い》い返《かえ》す。

「試合《しあい》は勝《か》ち負《ま》けではありませんよ。あの星章学園《せいしょうがくえん》から1点《てん》をもぎ取《と》り、しかも最後《さいご》まで正々堂々《せいせいどうどう》としたプレイ。実《じつ》によかったです」

万作《まんさく》は大事《だいじ》なことを伝《つた》えた。

「でも負《ま》けは負《ま》け。これで俺《おれ》たちのサッカーは終《お》わりなんです」

「いえ、終《お》わりませんよ」

島袋社長《しまぶくろしゃちょう》がなぜか満面《まんめん》の笑《え》みで話《はなし》を続《つづ》ける。

「当社《とうしゃ》アイランド観光《かんこう》は、あなたがた伊那国中《いなくにちゅう》イレブン、すなわち新《しん》・雷門中《らいもんちゅう》のスポンサーをやらせていただきます。あなたがたは試合《しあい》に負《ま》けても、気持《きも》ちで負《ま》けていませんでした。わたくしはそこに心《こころ》を動《うご》かされたのですよ！」

「本当《ほんとう》……ですか⁉」と明日人《あすと》は思《おも》わず聞《き》き返《かえ》していた。

ポカーンとしていたみんなの表情《ひょうじょう》が、みるみる変《か》わっていく。

「てことは？」

「俺《おれ》たちはまだサッカーができるんだ！」

「やった―――！」

イレブンは跳《と》びはねて喜《よろこ》んだ。ふと、明日人《あすと》が何《なに》かに気《き》づいた。

「そうか、そうだったのか」

「何《なに》がだ？」

「監督《かんとく》が言《い》った言葉《ことば》の意味《いみ》だよ」

イレブンが東京《とうきょう》にやってきた最初《さいしょ》の日《ひ》。趙監督《ちょうかんとく》はこんなことを言《い》っていた。

「あなたがたがサッカーを続《つづ》けていく方法《ほうほう》。それは……ズバリ！　負《ま》けないことですね」

「負《ま》けないってこと……。たとえ試合《しあい》に負《ま》けても、気持《きも》ちで負《ま》けないことで、道《みち》は開《ひら》けるって言《い》いたかったんじゃないかな」

「マジか！」

「まさか」

「それに、試合《しあい》までの1週間《しゅうかん》……」

趙監督《ちょうかんとく》が指示《しじ》した練習《れんしゅう》は、河川敷《かせんしき》や公園《こうえん》や商店街《しょうてんがい》、すべて学校《がっこう》の外《そと》でやるものだった。

「あの練習《れんしゅう》のおかげで、町《まち》のいろんな場所《ばしょ》に行《い》けて、町《まち》の人《ひと》たちと知《し》り合《あ》えて、知《し》らない町《まち》に来《き》たはずなのに、すごく楽《たの》しかった」

確《たし》かに言《い》われてみれば……と、仲間《なかま》たちはこの1週間《しゅうかん》のことを思《おも》い出《だ》した。

そして明日人《あすと》は言《い》った。

「監督《かんとく》は、俺《おれ》たちにサッカーを続《つづ》けさせるための〝特訓《とっくん》〟を、ちゃんとやってくれたんだ」

第《だい》3章《しょう》 謎《なぞ》の監督《かんとく》 趙金雲《ちょうきんうん》

イレブンバンドのアラームが朝《あさ》を告《つ》げた。

明日人《あすと》が目《め》を覚《さ》まし、上半身《じょうはんしん》を起《お》こして二段《にだん》ベッドの下《した》をのぞく。

「起《お》きろ、万作《まんさく》！」

木枯《こが》らし荘《そう》では、雷門《らいもん》イレブンの男子《だんし》が二人部屋《ふたりべや》、女子《じょし》ののりかは一人部屋《ひとりべや》で生活《せいかつ》していた。

岩戸《いわと》&服部《はっとり》の部屋《へや》には、「ズゴゴゴゴ」と豪快《ごうかい》ないびきが響《ひび》いていた。

いびきをかいているのは、小柄《こがら》な服部《はっとり》のほうだ。巨体《きょたい》の岩戸《いわと》はベッドの脇《わき》で立《た》ち尽《つ》くしている。人《ひと》は見《み》かけによらない。

のりかはストレッチをしながら片手《かたて》でスマホを操作《そうさ》していた。島《しま》に残《のこ》した母《はは》へ『おはようござイセエビ』のスタンプを送《おく》ると一瞬《いっしゅん》で〝既読《きどく》〟になり、また一瞬《いっしゅん》で、すぐに海女《あま》さん姿《すがた》の自撮《じど》り写真《しゃしん》が返《かえ》ってきた。

みんなが食堂《しょくどう》に集《あつ》まってきた。テーブルにはヨネさんの作《つく》った朝食《ちょうしょく》が並《なら》んでいる。遅《おく》れてやってきた氷浦《ひうら》と小僧丸《こぞうまる》が席《せき》に着《つ》くのを待《ま》って、イレブンは一斉《いっせい》に食《た》べ始《はじ》めた。

「東京《とうきょう》のめし、うめえ！」服部《はっとり》の目《め》がキラッキラに輝《かがや》く。

「おかわりゴス」岩戸《いわと》は誰《だれ》よりも早《はや》く2杯目《はいめ》に突入《とつにゅう》。

「うちの海苔《のり》、持《も》ってきたよ」と海《うみ》の女《おんな》、のりかの陽気《ようき》な声《こえ》。

故郷《こきょう》を遠《とお》く離《はな》れた東京《とうきょう》で、明日人《あすと》たちは明《あか》るく暮《く》らしている。

「よーし、食《た》べたら朝練《あされん》だ！」

明日人《あすと》が声《こえ》を弾《はず》ませた。

そろって登校《とうこう》して、グラウンドへ。

「つしゃっ！　剛陣先輩《ごうじんせんぱい》！」

「おう！」

ボールを受《う》けた剛陣《ごうじん》が、ディフェンスをかわして小僧丸《こぞうまる》にパス！

と思《おも》ったが、パスミスになった。剛陣《ごうじん》が小僧丸《こぞうまる》に駆《か》け寄《よ》る。

「わりぃわりぃ」

「遊《あそ》びじゃねえから。まじめにやれよな」

小僧丸《こぞうまる》の顔《かお》がすごく怒《おこ》っている。

「あ？　やってるっつーんだよ！」

剛陣《ごうじん》も売《う》り言葉《ことば》に買《か》い言葉《ことば》で、軽《かる》く小競《こぜ》り合《あ》い。この二人《ふたり》はいつも……。

それでも気《き》を取《と》り直《なお》して、みんなで練習《れんしゅう》を続《つづ》けた。

そこへ、登校《とうこう》してきた生徒会《せいとかい》メンバーの女子《じょし》たちが通《とお》りかかった。

「あいつらもう我《わ》がもの顔《がお》。負《ま》けたくせにスポンサーがついたんですって」

「田舎島《いなかじま》のやつらが雷門《らいもん》イレブンと呼《よ》ばれることになるなんて」

「まるで漬物《つけもの》をスイーツと呼《よ》ぶようなものですわ」

彼女《かのじょ》らがクスクス笑《わら》い出《だ》した。しかし、中心《ちゅうしん》にいる杏奈《あんな》だけは笑《わら》っていない。楽《たの》しそうな明日人《あすと》たちをじっと見《み》つめている。

「杏奈《あんな》さん？」「どうかしました？」

「別《べつ》に」

杏奈《あんな》は目《め》をそらし、一人《ひとり》でスタスタ歩《ある》き出《だ》した。

朝練《あされん》はちょうど休憩時間《きゅうけいじかん》に入《はい》り、一息《ひといき》ついた明日人《あすと》の額《ひたい》に、爽《さわ》やかな汗《あせ》が光《ひか》る。

道成《みちなり》が、明日人《あすと》のすぐ近《ちか》くに腰《こし》を下《お》ろした。

「明日人《あすと》、いつもより飛《と》ばしてるな！」

「はい。ほんとにサッカーを取《と》り戻《もど》したんだなって」

「ああ、そうだな。俺《おれ》たちのサッカーを」

明日人《あすと》の言葉《ことば》を聞《き》いて、氷浦《ひうら》も同意《どうい》する。

「自分《じぶん》たちのペースでしっかりやっていくぞ」

「はい！」

道成《みちなり》キャプテンに、明日人《あすと》が明《あか》るくうなずいた。

けれど、雷門《らいもん》サッカー部《ぶ》の生活《せいかつ》は楽《たの》しいことばかりではない。

なぜなら監督《かんとく》が……、

「ほーっほほほほ」

とにかく、うざいのだ。

謎《なぞ》の中国人《ちゅうごくじん》・趙金雲《ちょうきんうん》。ゴールの上《うえ》によじ登《のぼ》り、クンフーのポーズで叫《さけ》ぶこの不審《ふしん》な男《おとこ》が、雷門《らいもん》の監督《かんとく》だ。というか監督《かんとく》、いつからそこにいたんだろう。

なんだなんだ？　という表情《ひょうじょう》で明日人《あすと》たちが近《ちか》づいていくと、

「ここで問題《もんだい》！」

と突然《とつぜん》シャウト。スマホのカウントダウンアプリを起動《きどう》させた。

「あなたたちには、間《ま》もなく新《あら》たな試練《しれん》が訪《おとず》れます。それは一体《いったい》なんでしょう？」

チクタクチクタク。

「え？　試練《しれん》？」

「なんだ？」

誰《だれ》も答《こた》えられない……。

「ブブーッ！」

趙監督《ちょうかんとく》は踊《おど》りながらゴールを飛《と》び降《お》り、超《ちょう》バカにしたように「時間切《じかんぎ》れ」と言《い》った。

「イラっとくんな、あれ」

剛陣《ごうじん》は震《ふる》える右手《みぎて》を自分《じぶん》で押《お》さえつけている。彼《かれ》にしてはよく耐《た》えている。ここで我慢《がまん》できるとは、目《め》を見張《みは》る進歩《しんぽ》だ。

で、その試練《しれん》とは？

「ほーっほほほほ」

趙監督《ちょうかんとく》は驚《おどろ》きの事実《じじつ》を伝《つた》えた。

「本戦《ほんせん》に進《すす》むチャンスがある？」

「負《ま》けたのに？」

明日人《あすと》と道成《みちなり》キャプテンが、目《め》を白黒《しろくろ》させている。

趙監督《ちょうかんとく》はまたクンフーのポーズをとった。

マネージャーのつくしが、「ないわー」という顔《かお》で監督《かんとく》を見《み》ていた。

事態《じたい》を説明《せつめい》する役割《やくわり》を、亀田《かめた》コーチが引《ひ》き取《と》った。

先日《せんじつ》の星章学園《せいしょうがくえん》との試合《しあい》は、フットボールフロンティアの予選大会《よせんたいかい》。この予選《よせん》は一発勝負《いっぱつしょうぶ》のトーナメントではなく、6試合《しあい》トータルの成績《せいせき》で順位《じゅんい》を決《き》めるリーグ戦方式《せんほうしき》だ。

雷門《らいもん》が入《はい》った予選《よせん》A《エー》ブロックには16校《こう》が参加《さんか》。それぞれ、ランダムに選《えら》ばれた6校《こう》と対戦《たいせん》する。そして、上位《じょうい》2チームがフットボールフロンティア本戦《ほんせん》に進《すす》む。

ということは、初戦《しょせん》に敗《やぶ》れた雷門《らいもん》も……、

「本戦《ほんせん》に進《すす》めるかもしれないんだ！」

明日人《あすと》の声《こえ》に力《ちから》がこもる。

「つしゃーっ！」

「やったぁ――っ！」

「やったでゴス！」

イレブンも大喜《おおよろこ》びだ。

「喜《よろこ》ぶの完《かん》っ全《ぜん》に早《はや》いけどな」

小僧丸《こぞうまる》が釘《くぎ》をさす。うむ。これは小僧丸《こぞうまる》が正《ただ》しい。完《かん》っ全《ぜん》に正《ただ》しい。

明日人《あすと》の目《め》が輝《かがや》く。

「燃《も》えてきた！　猛特訓《もうとっくん》して全試合勝《ぜんしあいか》とう！　絶対《ぜったい》に！」

「おおーっ！」

イレブンは気合《きあい》を込《こ》めて練習《れんしゅう》を再開《さいかい》した。

そんなイレブンの様子《ようす》を校舎《こうしゃ》の窓《まど》から生徒会《せいとかい》メンバーたちが見《み》ていた。

「あいつら、まだ試合《しあい》に出《で》るつもり？」

苦々《にがにが》しくつぶやくメンバーをよそに、杏奈《あんな》は黙《だま》って、明日人《あすと》の笑顔《えがお》を見《み》つめていた。

その様子《ようす》を見《み》た一人《ひとり》が、杏奈《あんな》に話《はな》しかける。

「杏奈《あんな》さん、今日《きょう》なんだか……」

「何《なに》？」

「……いえ」

杏奈《あんな》の鋭《するど》い視線《しせん》を感《かん》じ、思《おも》わず口《くち》ごもった。今度《こんど》は別《べつ》の一人《ひとり》が意見《いけん》を挟《はさ》む。

「杏奈《あんな》さん、あいつらにサッカーをやらせても結果《けっか》はどうせ大負《おおま》け。学校《がっこう》の恥《はじ》ですわ」

杏奈《あんな》は黙《だま》っている。またグラウンドに視線《しせん》を戻《もど》し、少《すこ》し考《かんが》えてから言《い》った。

「そうね。そのとおり。今《いま》が解散《かいさん》の時《とき》ね」

イレブンは部室《ぶしつ》に集《あつ》まっていた。

趙監督《ちょうかんとく》が切《き》り出《だ》す。

「次《つぎ》なる対戦相手《たいせんあいて》。それはサッカー界《かい》にそびえ立《た》つ要塞《ようさい》『美濃道三中《みのどうざんちゅう》』です！」

亀田《かめた》コーチが解説《かいせつ》を引《ひ》き継《つ》ぐ。

「美濃道三《みのどうざん》は近《ちか》づく者《もの》すべてを跳《は》ね返《かえ》し、誰一人《だれひとり》として侵入《しんにゅう》させない……。それが美濃道《みのどう》三《ざん》のサッカー。その名《な》も『要塞守備《ようさいしゅび》』」

イレブンの頭《あたま》の中《なか》に、石垣《いしがき》を積《つ》み上《あ》げた頑丈《がんじょう》な要塞《ようさい》のイメージが浮《う》かんだ。

「なんか怖《こわ》いでゴス……」

岩戸《いわと》はビビってしまったが、攻撃陣《こうげきじん》は強気《つよき》だ。

「攻《せ》めりゃいいだけだろ、守《まも》ってるだけの相手《あいて》なんて」と小僧丸《こぞうまる》。

「ビビってんじゃねえぞ！　俺《おれ》がぶっ壊《こわ》す！」と剛陣《ごうじん》も鼻《はな》を鳴《な》らした。

そこで監督《かんとく》から作戦《さくせん》が授《さず》けられる。と思《おも》ったらクイズだった。

「試合《しあい》は1週間後《しゅうかんご》。これからやる特訓《とっくん》はただ一《ひと》つです。それは一体《いったい》なんでしょう？」

チクタクチクタク。

「はい！」と明日人《あすと》。「相手《あいて》の守《まも》りを崩《くず》す特訓《とっくん》！」

ブブー。

「正解《せいかい》はこちら」

趙監督《ちょうかんとく》が今度《こんど》はドラムロールの効果音《こうかおん》を流《なが》した。

ドロロロロロロロロロロロロロロロロロロロロロロロロロロロロロロロロ……………………

…………………………………………………………

「なげー」

「長《なが》いね」

「長《なが》いです」

ババン！

「守備《しゅび》を固《かた》めまくることです」

「えっ？　守備《しゅび》だけ⁉」

「それで要塞《ようさい》を突破《とっぱ》できるとは……」

「監督《かんとく》の指示《しじ》は絶対《ぜったい》です」

意味《いみ》がわからない。

それでもイレブンはグラウンドに出《で》て、言《い》われたとおり二人一組《ふたりひとくみ》で守備練習《しゅびれんしゅう》を始《はじ》めた。

小僧丸《こぞうまる》は剛陣《ごうじん》とペアを組《く》んでいたが、やる気《き》をなくして足《あし》を止《と》めた。

「くっ、こんな練習《れんしゅう》が一体何《いったいなん》になる」

小僧丸《こぞうまる》は、先《さき》ほど守備《しゅび》の特訓《とっくん》を言《い》い渡《わた》された時《とき》も、驚《おどろ》くばかりの明日人《あすと》たちと違《ちが》って
「攻撃《こうげき》の特訓《とっくん》をすべきです！」と、ただ一人強《ひとりつよ》く抵抗《ていこう》していた。

彼《かれ》はどうしてそこまで守備《しゅび》を嫌《いや》がるのだろうか。

ピッ！　と亀田《かめた》コーチのホイッスルが鳴《な》り、イレブンはベンチ前《まえ》に集合《しゅうごう》した。

趙監督《ちょうかんとく》が、布《ぬの》に覆《おお》われた何《なに》やら大《おお》きな物《もの》を運《はこ》んできた。ついさっきまで、ろくに練習《れんしゅう》を見《み》もせず携帯《けいたい》ゲームに夢中《むちゅう》だったこの監督《かんとく》。今度《こんど》は何《なに》をしようというのか。

バサッと布《ぬの》を取《と》ると、中身《なかみ》はただの大《おお》きな箱《はこ》だった。

「謎《なぞ》のくじ引《び》きボックス３号《ごう》です」

なぜくじ引《び》き？　なぜ３号《ごう》？

とめどなく怪《あや》しい気配《けはい》を感《かん》じながらも、一人《ひとり》ずつボックスの中《なか》に手《て》を突《つ》っ込《こ》む。

明日人《あすと》を含《ふく》め9人《にん》が『はずれ』を引《ひ》いた。

「あ、当《あ》たりだ」

「当《あ》たりでゴス！」

氷浦《ひうら》と岩戸《いわと》は『当《あ》たり』だった。

「当《あ》たりのお二人《ふたり》は、なんと！　つらーい特訓《とっくん》をサボってオーケー！　その代《か》わり、ちょっとした雑用《ざつよう》を手伝《てつだ》っていただきます」

雑用《ざつよう》ってなんだろう？　明日人《あすと》が首《くび》をかしげたその時《とき》、小《ちい》さな物音《ものおと》が聞《き》こえた。何気《なにげ》なく音《おと》のほうに目《め》を向《む》けた瞬間《しゅんかん》!!　明日人《あすと》が目《め》にしたものは……!?

中国《ちゅうごく》のおもちゃっぽいお面《めん》をかぶった小男《こおとこ》だった。ボックスの中《なか》からちょこんと顔《かお》を出《だ》している。怪《あや》しい。めちゃくちゃ怪《あや》しい。これ、どう見《み》ても監督《かんとく》の子分《こぶん》かなんかだろう。

お面《めん》の男《おとこ》は、「シーッ」のポーズで明日人《あすと》を制《せい》し、足音《あしおと》も立《た》てずに逃《に》げていった。

怪《あや》しい。ますます怪《あや》しい。

「なんなの」

明日人《あすと》は困《こま》り果《は》てた。

次《つぎ》の日《ひ》の朝《あさ》。

くじで当《あ》たりを引《ひ》いた氷浦《ひうら》と岩戸《いわと》は、まだ空《そら》が薄暗《うすぐら》いうちに校門前《こうもんまえ》へやってきた。氷浦《ひうら》のイレブンバンドは朝《あさ》5時《じ》を表示《ひょうじ》していた。

「こんな朝早《あさはや》くから雑用《ざつよう》って……」

「なんだか不安《ふあん》でゴス」

すると、濃《こ》い朝《あさ》もやの中《なか》から、ぬうっと巨体《きょたい》が現《あらわ》れた。趙監督《ちょうかんとく》だ。

「さっそくですが……」

趙監督《ちょうかんとく》は不気味《ぶきみ》な笑《わら》いを浮《う》かべ、二人《ふたり》に「雑用《ざつよう》」を指示《しじ》した。

しばらくして。朝《あさ》もやは晴《は》れ、気持《きも》ちのいい朝日《あさひ》が通学路《つうがくろ》を照《て》らしている。

明日人《あすと》たちが登校《とうこう》してくると、学校《がっこう》の外壁《がいへき》のところに、岩戸《いわと》がいた。岩戸《いわと》はゴシゴシと(口《くち》では「ゴスゴス」と)落書《らくが》きをこすり落《お》としているのだった。

「ええ？」

「5時《じ》からずっとやってるの？」

明日人《あすと》と服部《はっとり》が驚《おどろ》いている。

「この絵《え》、あの監督《かんとく》が自分《じぶん》で描《か》いたんじゃ……」

奥入《おくいり》が訝《いぶか》しむ。確《たし》かに壁《かべ》の落書《らくが》きは、竜《りゅう》だの鳳凰《ほうおう》だの、中華風《ちゅうかふう》の絵《え》だ。

怪《あや》しい。桁違《けたちが》いに怪《あや》しい。

岩戸《いわと》と別《わか》れて、明日人《あすと》たちは校内《こうない》に入《はい》っていった。今度《こんど》は氷浦《ひうら》が野球《やきゅう》グラウンドを走《はし》り回《まわ》っていた。手《て》にはホースを握《にぎ》りしめている。

「え？　水《みず》まき？」

「なんで走《はし》ってやってるの？」

「いや、それが、水《みず》まきする場所《ばしょ》、この学校全体《がっこうぜんたい》なんだよ」

「は？」

「花壇《かだん》にも木《き》にも、校舎《こうしゃ》の窓《まど》にも。どこもかしこも水《みず》をかけてほしいんだって」

「そんな……。今《いま》は練習《れんしゅう》をもっとしないといけないのに」と、日和《ひより》が言《い》った。

「やっぱ全然《ぜんぜん》わかんない」と、明日人《あすと》は思《おも》った。

その頃《ころ》、趙監督《ちょうかんとく》は部室《ぶしつ》にいた。液晶画面《えきしょうがめん》に顔《かお》を近《ちか》づけて……ゲームに熱中《ねっちゅう》していた。

杏奈《あんな》が構《かま》わず話《はな》しかける。

「生徒会《せいとかい》として、サッカー部《ぶ》の解散《かいさん》を決《き》めました」

その言葉《ことば》に合《あ》わせたかのように、監督《かんとく》が手《て》にしたゲーム機《き》からダメージ音《おん》が響《ひび》く。

ゲームオーバー。

「はぁ……」

趙監督《ちょうかんとく》のため息《いき》は、解散《かいさん》？　ゲーム？　どっちを悔《くや》しがっているのだろう。

「雷門中《らいもんちゅう》サッカー部《ぶ》といえば、今《いま》や伝説的《でんせつてき》な存在《そんざい》。その名《な》を汚《けが》すイレブンなど必要《ひつよう》ないのです」

趙監督《ちょうかんとく》はゲーム機《き》をパタリと閉《と》じた。

「あなたはサッカーがお嫌《きら》いですかな？」

「……好《す》きとか嫌《きら》いとかそういう問題《もんだい》ではありません。今《いま》はサッカー部《ぶ》の必要性《ひつようせい》について」

「わかっていますよ」

趙監督《ちょうかんとく》がぐいと顔《かお》を近《ちか》づける。

「サッカー部《ぶ》については、この学校《がっこう》にとって重要《じゅうよう》な案件《あんけん》です。ですがその名《な》を、その看板《かんばん》を、本当《ほんとう》になくすのですか？　誰《だれ》の責任《せきにん》で？　私《わたし》ですか？　あなたですか？」

趙監督《ちょうかんとく》に（しては珍《めずら》しく）とぼける様子《ようす》はまったくない。サッカー部《ぶ》がなくなるかもしれない危機《きき》に、彼《かれ》は監督《かんとく》として立《た》ち向《む》かおうとしているのか。

「あなたがその目《め》で確《たし》かめてみたうえで、くれぐれも慎重《しんちょう》に判断《はんだん》してくださいよ」

趙監督《ちょうかんとく》は静《しず》かに部室《ぶしつ》を出《で》ていった。

杏奈《あんな》は立《た》ち尽《つ》くした。そして考《かんが》えた。

雷門《らいもん》サッカー部《ぶ》の看板《かんばん》を外《はず》す……それは本当《ほんとう》に正《ただ》しいことなのだろうか。

学校《がっこう》は、明日人《あすと》たちは、そして杏奈《あんな》自身《じしん》は、本当《ほんとう》にそれでいいのだろうか。

でも「確《たし》かめる」には、一体《いったい》どうすれば……。

それから数日《すうじつ》の間《あいだ》、氷浦《ひうら》と岩戸《いわと》は相変《あいか》わらず「雑用《ざつよう》」に明《あ》け暮《く》れていた。

ある日、明日人《あすと》たちが氷浦《ひうら》の様子《ようす》を見《み》に行《い》くと、これまでとは違《ちが》う氷浦《ひうら》の姿《すがた》に驚《おどろ》いた。

「なんか前《まえ》より余裕《よゆう》だな？」

「わかるか。効率的《こうりつてき》に水《みず》をまく方法《ほうほう》を編《あ》み出《だ》したんだ」

氷浦《ひうら》がホースの先《さき》をつぶすように持《も》った。水《みず》は放物線《ほうぶつせん》を描《えが》き、上《うえ》の階《かい》の窓《まど》に届《とど》いた。

「自分《じぶん》は動《うご》かなくても、ねらったところに水《みず》を当《あ》てられる。すぐ特訓《とっくん》、合流《ごうりゅう》するから」

腰《こし》に手《て》を当《あ》て得意《とくい》げな氷浦《ひうら》とは裏腹《うらはら》に、明日人《あすと》たちは飛《と》び散《ち》る水《みず》を浴《あ》び、ずぶ濡《ぬ》れになっていた。

一方《いっぽう》、岩戸《いわと》の様子《ようす》は服部《はっとり》が見《み》に行《い》った。

「ゴスゴスゴスゴス……」

岩戸《いわと》はブラシを両手《りょうて》に、大《おお》きな円《えん》を描《えが》くように壁《かべ》をこすっている。彼《かれ》には珍《めずら》しく、表情《ひょうじょう》に自信《じしん》がみなぎっていた。

「ねえゴーレム、特訓《とっくん》行《い》かない？」

「ハンちゃん、壁《かべ》ってのはゴスね、平《たい》らなようで平《たい》らじゃないんでゴス」

壁掃除《かべそうじ》が楽《たの》しくなっちゃっている。服部《はっとり》はあきれた。やれやれ、これはいつまで続《つづ》くんだ、と壁《かべ》の先《さき》に目《め》をやったその時《とき》‼

服部《はっとり》が目《め》にしたものは……⁉

刷毛《はけ》を持《も》って落書《らくが》きを書《か》き足《た》す、あのお面《めん》をかぶった小男《こおとこ》だった。

怪《あや》しい。果《は》てしなく怪《あや》しい。これ、どう見《み》ても監督《かんとく》の子分《こぶん》かなんかだ。

お面《めん》の男《おとこ》は、「シーッ」のポーズで服部《はっとり》を制《せい》し、足音《あしおと》も立《た》てずに逃《に》げていった。

怪《あや》しいにもほどがある。いと、怪《あや》し。

「落書《らくが》きしてる！　あの感《かん》じ絶対《ぜったい》、監督《かんとく》の子分《こぶん》だよ！」

「いいんでゴス、ハンちゃん。壁《かべ》が壁《かべ》らしく壁《かべ》でいてくれれば、いいんでゴス」

岩戸《いわと》……悟《さと》っちゃってる‼


そんな氷浦《ひうら》と岩戸《いわと》を除《のぞ》き、明日人《あすと》たちは、次《つぎ》なる特訓《とっくん》「ロングパスのトラップ」に励《はげ》んだ。しかし、そこに小僧丸《こぞうまる》の姿《すがた》はなかった。

練習後《れんしゅうご》、木枯《こが》らし荘《そう》に戻《もど》った明日人《あすと》たちは食堂《しょくどう》にいた。

「小僧丸《こぞうまる》、ずっと部屋《へや》？」

明日人《あすと》が心配《しんぱい》そうな声《こえ》を上《あ》げた。

「攻撃《こうげき》をしないサッカーなんてサッカーじゃない！　守《まも》りばっかで勝《か》てるわけねえよ！」

数日前《すうじつまえ》にそう言《い》ってから、小僧丸《こぞうまる》は勝手《かって》に練習《れんしゅう》を抜《ぬ》けてしまっていたのだ。

「俺《おれ》、ちょっと話《はな》してくる」

明日人《あすと》はごちそうさまを言《い》って、食堂《しょくどう》を出《で》た。

建物《たてもの》の中《なか》を探《さが》すと、屋上《おくじょう》の物干《ものほ》し台《だい》に一人座《ひとりすわ》って、星《ほし》を見《み》ている小僧丸《こぞうまる》を見《み》つけた。

「ここいたんだ。東京《とうきょう》は空《そら》が明《あか》るいね」

そう声《こえ》をかけ、明日人《あすと》は小僧丸《こぞうまる》の隣《となり》に座《すわ》って続《つづ》けた。

「俺《おれ》、島《しま》ではいっつも星《ほし》が見《み》える時間《じかん》になっても練習《れんしゅう》してたんだ。遅《おそ》くなりすぎると、たまに母《かあ》ちゃんに怒《おこ》られた」

小僧丸《こぞうまる》は反応《はんのう》しかけたが、明日人《あすと》が自分《じぶん》を見《み》ているので、視線《しせん》を空《そら》に戻《もど》した。

そして星《ほし》を見《み》たまま、「俺《おれ》もだ」とつぶやいた。

「俺《おれ》も遅《おそ》くまで練習《れんしゅう》してた。……俺《おれ》、前《まえ》はＤＦ《ディフェンダー》だったんだ」

小僧丸《こぞうまる》が自分語《じぶんかた》りをするのは、転校以来《てんこういらい》この時《とき》が初《はじ》めてだった。

小学《しょうがく》6年生《ねんせい》の小僧丸《こぞうまる》は、DF《ディフェンダー》だけれど相手《あいて》に抜《ぬ》かれることが多《おお》かった。

だから悔《くや》しくて、毎日薄暗《まいにちうすぐら》い河川敷《かせんしき》でステップワークやダッシュの練習《れんしゅう》をしていた。チームメイトの前《まえ》ではなく、一人《ひとり》でやる自主練《じしゅれん》。こっそりやるので「コソ練《れん》」ともいう。

ある夜《よる》、コソ練中《れんちゅう》にひったくりの現場《げんば》を目撃《もくげき》した。

小僧丸《こぞうまる》は、逃《に》げる犯人《はんにん》の行《ゆ》く手《て》をふさいだが、あっさりと抜《ぬ》かれてしまう。

さらに追《お》って、途中《とちゅう》、通行人《つうこうにん》とぶつかり、大人《おとな》を何人《なんにん》も弾《はじ》き飛《と》ばしながら追《お》いかけたが、犯人《はんにん》に追《お》いつくことはできなかった。

しかし、見《み》た。

後《うし》ろから飛《と》んできたサッカーボールが命中《めいちゅう》し、犯人《はんにん》が倒《たお》れるところを。

振《ふ》り向《む》き、今度《こんど》は違《ちが》う背中《せなか》を追《お》いかけた。

「あんた誰《だれ》だ？　俺《おれ》もサッカー、DF《ディフェンダー》やってんだ」

サッカーボールで犯罪者《はんざいしゃ》を懲《こ》らしめた正義《せいぎ》の味方《みかた》――。

それは、木戸川清修中《きどかわせいしゅうちゅう》1年《ねん》、『炎《ほのお》のエースストライカー』豪炎寺修也《ごうえんじしゅうや》だった。

「いいダッシュだった。だが、おまえはDF《ディフェンダー》には向《む》いていない」

「なんでそんな……」

「進《すす》むべき道《みち》が前《まえ》に見《み》えないなら、反対側《はんたいがわ》を見《み》ろ」

「反対側《はんたいがわ》？」

「おまえの持《も》ち味《あじ》は、大《だい》の大人《おとな》をも吹《ふ》っ飛《と》ばす突破力《とっぱりょく》だろう。自分《じぶん》だけの道《みち》を探《さが》すんだ」

明日人《あすと》は小僧丸《こぞうまる》の話《はなし》をずっと聞《き》いていた。そして聞《き》き返《かえ》した。

「反対《はんたい》って……」

「DF《ディフェンダー》の俺《おれ》がFW《フォワード》になるってことだ。その豪炎寺《ごうえんじ》さんの言葉《ことば》があったから、俺《おれ》は攻撃《こうげき》することでこそ輝《かがや》ける……攻撃《こうげき》しねえとダメなんだよ」

「小僧丸《こぞうまる》……」

「明日《あした》からは合流《ごうりゅう》するよ」

「うん」

「俺《おれ》はもっともっと強《つよ》くならなきゃいけない」

小僧丸《こぞうまる》は、隣《となり》の明日人《あすと》にではなく、自分《じぶん》に向《む》かってつぶやいた。

そこへ「あー、いたー」と、のりかが上《あ》がってきた。

「小僧丸《こぞうまる》くん、ご飯食《はんた》ーべよ。ご飯《はん》はみんなで食《た》べるのがおいしいよ！」

「ああ……だよな」

試合《しあい》でゴールを決《き》めても笑《わら》わなかった小僧丸《こぞうまる》が、初《はじ》めて笑《わら》った。


そして、試合《しあい》の日《ひ》がやってきた。

雷門中《らいもんちゅう》スタジアムのメインスタンドでは、観客《かんきゃく》たちが座席《ざせき》を詰《つ》め合《あ》うようにして、選手《せんしゅ》の入場《にゅうじょう》を待《ま》っていた。

今日《きょう》は雷門《らいもん》のホームゲーム。イレブンは部室《ぶしつ》で新《しん》ユニフォームに袖《そで》を通《とお》した。胸《むね》に『ISLAND《アイランド》』のスポンサーロゴが映《は》える。

「よくお似合《にあ》いですね」

アイランド観光《かんこう》の島袋社長《しまぶくろしゃちょう》が、メガネの奥《おく》の目《め》を一層細《いっそうほそ》めた。

つくしもやってきた。

「さー、みなさん！　ほかにもお知《し》らせがありまーす！」

なんだろう、とイレブンがのぞき込《こ》む。すると、意外《いがい》な女子生徒《じょしせいと》が顔《かお》を出《だ》した。

「神門杏奈《みかどあんな》ちゃん！　今日《きょう》から私《わたし》といっしょにマネージャーやってくれまーす！」

「ええええええ!?」

「じゃあ杏奈《あんな》ちゃんから一言《ひとこと》！」

「いや、別《べつ》にそういうの……」

「はいどーぞっ！」

「このサッカー部《ぶ》が雷門《らいもん》にふさわしいかどうか、自分《じぶん》の目《め》で確《たし》かめることにしただけ。それだけだから」

杏奈《あんな》の表情《ひょうじょう》はいつものように硬《かた》い。けれど、怒《おこ》っているわけでも嫌味《いやみ》を言《い》っているわけでもなかった。

「はい、みんなよろしくねーっ！　ぱちぱちぱち～！」

と、一人《ひとり》だけテンションの突《つ》き抜《ぬ》けたつくしが声《こえ》を張《は》る。それで部室《ぶしつ》の緊張《きんちょう》はやわらぎ、イレブンもなんとなく杏奈《あんな》を受《う》け入《い》れる流《なが》れになった。

「じゃ、杏奈《あんな》ちゃん早速初仕事《さっそくはつしごと》！」

つくしが杏奈《あんな》の手《て》にカメラを載《の》せる。杏奈《あんな》はイレブン一人一人《ひとりひとり》の写真《しゃしん》を撮《と》った。

すると、部室《ぶしつ》に置《お》かれた大《おお》きなマシンが動《うご》き出《だ》し、今撮《いまと》った写真《しゃしん》を取《と》り込《こ》んだ選手《せんしゅ》カード『イレブンライセンス』ができあがった。

イレブンライセンスは、選手《せんしゅ》のＩＤ《アイディー》カード（身分証明書《みぶんしょうめいしょ》）であり、ロッカーのカードキーにもなる。スポンサーがついた正式《せいしき》なチームの選手《せんしゅ》だけが渡《わた》されるものだ。

「わっ！　かっこいい！」

明日人《あすと》は大喜《おおよろこ》びだ。

剛陣《ごうじん》は慌《あわ》てて杏奈《あんな》に詰《つ》め寄《よ》る。

「これ完全《かんぜん》に失敗《しっぱい》だぞ。撮《と》り直《なお》せるよな？」

「いえ。キャラクター完全《かんぜん》に出《で》てると思《おも》いますけど」

続《つづ》けてつくしが言《い》う。

「画像《がぞう》データはもうセンターに送《おく》られちゃってます。こういうプレイヤーズカード、つまり『プレカ』になって一般《いっぱん》に販売《はんばい》されるんです」

「はっ⁉　え⁉　これが⁉」

「剛陣先輩《ごうじんせんぱい》、それやばいです」

奥入《おくいり》があっさりツッコんだ。

つくしはカードホルダーを広《ひろ》げて見《み》せた。

すでに全選手《ぜんせんしゅ》がコンプリートされている。つくしの「最近《さいきん》のおすすめ」は、王帝月ノ宮《おうていいつきのみや》の野坂《のさか》だ。

「かっこいいですよね〜」

「全《ぜん》っ然興味《ねんきょうみ》ない」

言《い》いながら、杏奈《あんな》は野坂《のさか》のカードから目《め》を離《はな》さなかった。

「じゃ、杏奈《あんな》ちゃんも」

カシャッ。

「マネージャーにもカードあるんだよ」

聞《き》いた瞬間《しゅんかん》、杏奈《あんな》は前髪《まえがみ》をササッと整《ととの》えた。

「撮《と》り直《なお》しいいですか？」

「おまえ自分《じぶん》だけ……」

剛陣《ごうじん》の手《て》が震《ふる》えていた。


そうこうしているうちに、雷門《らいもん》VS《ブイエス》美濃《みの》道三中《どうざんちゅう》のキックオフの時間《じかん》が迫《せま》ってきた。

スタジアムには野坂《のさか》の姿《すがた》があった。

野坂《のさか》は、観客席《かんきゃくせき》につながる通路《つうろ》で、一人《ひとり》の少年《しょうねん》と鉢合《はちあ》わせた。

少年《しょうねん》は口《くち》を開《ひら》いた。

「王帝月ノ宮《おうていいつきのみや》の野坂悠馬《のさかゆうま》。こんなローカルな試合《しあい》に、『戦術《せんじゅつ》の皇帝《こうてい》』さんがお出《で》ましとはな」

「ちょっと興味深《きょうみぶか》いチームだと思《おも》ってね。君《きみ》もここにいるということは、雷門《らいもん》に興味《きょうみ》を持《も》ったんじゃないのかな」

「……ひまだったんだよ」

そう言《い》い残《のこ》し、少年《しょうねん》はグレーの髪《かみ》をなびかせて去《さ》っていった。

スタジアム内《ない》には、両《りょう》チームのスポンサー紹介《しょうかい》アナウンスが流《なが》れ始《はじ》めた。

『鉄壁《てっぺき》の守《まも》りでドロボーもヘコむ！　セキュリティーのヘコムです。美濃道三中《みのどうざんちゅう》を応援《おうえん》しています！』

『そうだ、今日行《きょうい》こう、感動《かんどう》の旅《たび》へ。アイランド観光《かんこう》は、雷門中《らいもんちゅう》を応援《おうえん》しています！』

すでに選手《せんしゅ》たちは、それぞれのポジションに散《ち》っている。

「なんか……」

「圧《あつ》がすげえ」

センターサークルにボールをセットした明日人《あすと》と剛陣《ごうじん》は、敵陣《てきじん》にズラリと居並《いなら》ぶ巨体《きょたい》におののいていた。

近《ちか》づく者《もの》すべてを跳《は》ね返《かえ》すほどの、人《ひと》の壁《かべ》。点《てん》を取《と》るのは簡単《かんたん》ではなさそうだ。

雷門《らいもん》は前回《ぜんかい》の星章学園戦《せいしょうがくえんせん》と同《おな》じく3―4―3のフォーメーション。

対《たい》する美濃道三《みのどうざん》は4―4―2。

GK《ゴールキーパー》は城西健人《じょうさいけんと》（背番号《せばんごう》1）。

DF《ディフェンダー》は左《ひだり》から平田泰造《ひらたたいぞう》（3）、盛上《もりあがり》モコ（4）、万里長嶺《ばんりながみね》（5）、前野大豊《まえのたいほう》（2）。

ＭＦ《ミッドフィルダー》も横一列《よこいちれつ》。左《ひだり》から武六積夫《ぶろくつみお》（６）、鉄豪士小五郎《てつごうしこごろう》（８）、岩垣登郎《いわがきのぼろう》（10）、盾野達夫《たてのたつお》（７）。

そしてＦＷ《フォワード》、２トップは石壁《いしかべ》ヤモリ（11）、宇郷猿吉《うごうさるきち》（９）。

以上《いじょう》の11人《にん》だ。

美濃道三《みのどうざん》はベンチにもう一人《ひとり》、やはり大《おお》きな体《からだ》の選手《せんしゅ》を残《のこ》していた。

サッカー強化委員《きょうかいいん》の壁山塀吾郎《かべやまへいごろう》。元《もと》・雷門《らいもん》イレブンの一人《ひとり》だ。

壁山《かべやま》は足首《あしくび》をけがしていて先発《せんぱつ》を外《はず》れたが、「教《おし》えることはもう全部教《ぜんぶおし》えたっす！」と、自信《じしん》を持《も》って仲間《なかま》をグラウンドに送《おく》り出《だ》した。

ピーッ！

イレブンバンドのディスプレーに『KICK《キック》 OFF《オフ》』の文字《もじ》がスクロールし、崖《がけ》っぷちから予選初勝利《よせんはつしょうり》を目指《めざ》す明日人《あすと》たちの戦《たたか》いが始《はじ》まった。

いきなり雷門《らいもん》が攻《せ》める。敵陣《てきじん》で明日人《あすと》がパスを受《う》けて、ゴール方向《ほうこう》を向《む》く。

……と、そこでビクッと体《からだ》を震《ふる》わせ足《あし》を止《と》めてしまった。

美濃道三《みのどうざん》のＤＦ《ディフェンダー》、ＭＦ《ミッドフィルダー》、ＦＷ《フォワード》の10人《にん》がゴール前一《まえいっ》か所《しょ》に固《かた》まり、体《からだ》を寄《よ》せ合《あ》うようにして立《た》ちふさがっているではないか。

剛陣《ごうじん》も立《た》ち止《ど》まって相手《あいて》を見上《みあ》げた。

「敵《てき》が！　大《おお》きく見《み》えやがる！」

まさに鉄壁《てっぺき》の要塞《ようさい》。

人《ひと》もボールも通《とお》り抜《ぬ》ける隙間《すきま》はまったく見《み》えない。

小僧丸《こぞうまる》が、思《おも》わずうなった。

「こんなの突破《とっぱ》できるのか？」

「守《まも》りの特訓《とっくん》しかしてないのに……」

どんな時《とき》もあきらめない明日人《あすと》さえ、巨人《きょじん》たちの前《まえ》で立《た》ちすくんだ。

第《だい》4章《しょう》 落《お》とせるか！ 難《なん》攻《こう》不《ふ》落《らく》の要《よう》塞《さい》

「くっ……」

美濃《みの》道三《どうざん》の要塞守備《ようさいしゅび》に前《まえ》をふさがれた明日人《あすと》が、仕方《しかた》なく剛陣《ごうじん》に横《よこ》パスを出《だ》す。

「まんま要塞《ようさい》じゃねえか」

剛陣《ごうじん》は道成《みちなり》にボールを下《さ》げた。

雷門《らいもん》は攻《せ》めあぐねていた。

「だが突破《とっぱ》する方法《ほうほう》はきっとあるはず……！」

道成《みちなり》ははっきりした攻撃《こうげき》のイメージを持《も》てないまま、小僧丸《こぞうまる》にパスを預《あず》けた。

「とにかく、ぶつかってみるしかねえかっ！」

小僧丸《こぞうまる》は一人《ひとり》で要塞《ようさい》に突《つ》っ込《こ》もうとした。

その時《とき》、手首《てくび》のイレブンバンドが着信《ちゃくしん》を知《し》らせる。

「……んだと？」

「本気《ほんき》か⁉」

雷門《らいもん》の監督《かんとく》・趙金雲《ちょうきんうん》の伝《つた》える指示《しじ》が、ディスプレーに表示《ひょうじ》された。

『守《まも》りオンリー♥』

ハートマーク、うざいんだけど。

いやいやいや。それ以前《いぜん》に、試合《しあい》でも守《まも》りだけって、どういうことだ⁉

小僧丸《こぞうまる》がベンチをにらみ、うなった。

「ざけんじゃねえぞ、趙金雲《ちょうきんうん》！」

「ほーっほほほ」

監督《かんとく》は能天気《のうてんき》に笑《わら》う。それを横目《よこめ》に、杏奈《あんな》が冷《ひ》ややかに言《い》う。

「この人《ひと》……、ほんとに大丈夫《だいじょうぶ》かしら」

美濃道三《みのどうざん》が自陣《じじん》に引《ひ》きこもり、一方《いっぽう》の雷門《らいもん》も攻撃《こうげき》をやめたので、試合《しあい》は完全《かんぜん》にスローダウン。人《ひと》もボールも目立《めだ》った動《うご》きが消《き》え、退屈《たいくつ》な展開《てんかい》になった。

「……」

明日人《あすと》は相手守備《あいてしゅび》をどう崩《くず》そうか考《かんが》えている。しかし、いいアイディアが浮《う》かばない。

すると相手《あいて》FW《フォワード》の石壁《いしかべ》が、小型偵察機《こがたていさつき》のように守備《しゅび》ブロックを這《は》い出《だ》してきた。

「ほーら、かかってこいよ。ぺろぺろーん」

石壁《いしかべ》が舌《した》を出《だ》して明日人《あすと》を挑発《ちょうはつ》する。

明日人《あすと》はたまらず剛陣《ごうじん》にパス。

すると、待《ま》ち構《かま》えていた巨漢《きょかん》DF《ディフェンダー》万里《ばんり》が突進《とっしん》。ボールを奪《うば》われてしまった。

「簡単《かんたん》に取《と》られてんじゃねえ！」

迂闊《うかつ》なプレイをした剛陣《ごうじん》に、小僧丸《こぞうまる》が厳《きび》しい声《こえ》を浴《あ》びせる。

二人《ふたり》は一瞬《いっしゅん》にらみ合《あ》った。

美濃道三《みのどうざん》ベンチは、ねらいどおりの展開《てんかい》に満足気《まんぞくげ》だ。

「なかなかの壁《かべ》っぷりっす！」

サッカー強化委員《きょうかいいん》の壁山《かべやま》が、隙《すき》のない守備《しゅび》ブロックを褒《ほ》めている。

その隣《となり》で、これまたゴツい体《からだ》の齊藤岩石監督《さいとうがんせきかんとく》が、戦国武将《せんごくぶしょう》のような口《くち》ぶりで言《い》う。

「しかし雷門《らいもん》イレブンも落《お》ちたものよのう。攻《せ》めもせんでワシらの要塞《ようさい》を見上《みあ》げるだけとは」

さらに隣《となり》では、監督《かんとく》に調子《ちょうし》を合《あ》わせてゴマをする細井長夫《ほそいながお》コーチが、「いや〜見上《みあ》げてますね〜」と、くねくねしながら合《あ》いの手《て》を入《い》れた。

すると齊藤監督《さいとうかんとく》は、軍配《ぐんばい》代《が》わりにタブレット端末《たんまつ》を取《と》り出《だ》し、ニヤリと笑《わら》った。

「少《すこ》し遊《あそ》んでやるか」


明日人《あすと》がパスを受《う》けた。顔《かお》を上《あ》げると、目《め》の前《まえ》にはある変化《へんか》が起《お》きていた。

さっきまでガッチリ固《かた》められていた相手《あいて》の陣形《じんけい》に、少《すこ》し隙間《すきま》ができている。

壁《かべ》の間《あいだ》から、ゴールマウスが見《み》えた。

そこだ、と明日人《あすと》はドリブルを仕掛《しか》けた。

すると……スタジアム全体《ぜんたい》に地響《じひび》きが！

「フランケン守《しゅ》タイン！」

相手《あいて》ＤＦ《ディフェンダー》平田《ひらた》の周囲《しゅうい》から不気味《ぶきみ》なオーラが噴《ふ》き出《だ》し、恐《おそ》ろしく巨大《きょだい》な化《ば》け物《もの》のイメージが現《あらわ》れた。

イメージの中《なか》のフランケンシュタインが、明日人《あすと》の頭上《ずじょう》にバカでかい拳《こぶし》を振《ふ》り下《お》ろす。

「ええっ!?」

明日人《あすと》はあまりの恐《おそ》ろしさに尻餅《しりもち》をついた。

必殺《ひっさつ》ディフェンス技《わざ》を繰《く》り出《だ》した平田《ひらた》が、こぼれ球《だま》を足《あし》で押《お》さえ、明日人《あすと》を見下《みお》ろしていた。

ここから反撃《はんげき》かと思《おも》いきや、平田《ひらた》は大《おお》きくクリア。美濃道三《みのどうざん》は隊列《たいれつ》を組《く》み直《なお》し、再《ふたた》び防御《ぼうぎょ》の陣《じん》を固《かた》める。

ボールは雷門《らいもん》。またもゴールへの道《みち》が空《あ》いている。今度《こんど》は剛陣《ごうじん》が切《き》れ込《こ》むが……。

「何《なに》っ!?」

視線《しせん》の先《さき》では、ＤＦ《ディフェンダー》盛上《もりあがり》が指《ゆび》を組《く》んだ両手《りょうて》を地面《じめん》に叩《たた》きつけていた。

地面《じめん》に波紋《はもん》のようなオーラが広《ひろ》がり、剛陣《ごうじん》の足元《あしもと》をみるみる浸《ひた》す。

異変《いへん》を感《かん》じた時《とき》には、すでに地面《じめん》がモコモコと隆起《りゅうき》していて、あっという間《ま》に剛陣《ごうじん》を持《も》ち上《あ》げてしまった。

「もっこり丘《おか》のモアイ！」

なんと地面《じめん》から巨大《きょだい》なモアイ像《ぞう》が生《は》えてきて、剛陣《ごうじん》を勢《いきお》いよく突《つ》き上《あ》げていた。

「わあっ……」という剛陣《ごうじん》の声《こえ》が、上空《じょうくう》に消《き》えていった。

やがて、ボールだけが落《お》ちてきた。儚《はかな》い。哀《あわ》れな剛陣《ごうじん》は天《てん》に召《め》されてしまったのか。

その後《ご》の展開《てんかい》は、ボールを持《も》たされた雷門《らいもん》が、美濃道三《みのどうざん》の罠《わな》にかかっては跳《は》ね飛《と》ばされることの繰《く》り返《かえ》しだった。

どうにかプレイに復帰《ふっき》した剛陣《ごうじん》が相手《あいて》と競《せ》り合《あ》い、倒《たお》された。苦《くる》しそうに顔《かお》を歪《ゆが》める。

「監督《かんとく》、イレブンのステータスを見《み》てください。体力《たいりょく》が相当削《そうとうけず》られています。このままではまずいですよ！」

亀田《かめた》コーチが、監督《かんとく》に指示《しじ》を仰《あお》いだ。

「なるほど……」

趙監督《ちょうかんとく》はタブレットを取《と》り上《あ》げると、ものすごいスピードで指《ゆび》を滑《すべ》らせた。

一体《いったい》どんな指示《しじ》を送《おく》ったのか……!?

亀田《かめた》、つくし、杏奈《あんな》が画面《がめん》をのぞきこむ。

「えっ?」と、三人同時《さんにんどうじ》に驚《おどろ》いた。

趙監督《ちょうかんとく》はアプリを起動《きどう》して、あろうことかゲームをやり始《はじ》めたのだった。

グラウンドでは主審《しゅしん》の長《なが》い笛《ふえ》。0―0。両《りょう》チーム無得点《むとくてん》のまま前半《ぜんはん》が終了《しゅうりょう》した。


ハーフタイム。雷門《らいもん》ベンチは荒《あ》れていた。

剛陣《ごうじん》は激怒《げきど》した。あのいい加減《かげん》な中国人監督《ちゅうごくじんかんとく》を問《と》い詰《つ》めねば!!

「いつになったら攻《せ》めさせるんだよ!」

剛陣《ごうじん》には監督《かんとく》の意図《いと》がわからない。単純《たんじゅん》な少年《しょうねん》である。

明日人《あすと》も言葉《ことば》に熱《ねつ》を込《こ》める。

「俺《おれ》たち、なんとかサッカーを取《と》り戻《もど》しました! だからこそ、フットボールフロンティアでどこまでいけるか、思《おも》いっきりプレイしたいんです!」

ほかのメンバーはじっと聞《き》いていた。

「それならどうぞ。思《おも》いっきり『守《まも》って』ください」

反感《はんかん》が渦巻《うずま》いた。

そこに、趙監督《ちょうかんとく》はボソッと一言《ひとこと》付《つ》け加《くわ》える。

「今《いま》、攻《せ》めても時間《じかん》と体力《たいりょく》の無駄《むだ》ですからね」

ところが興奮《こうふん》しきったイレブンの耳《みみ》に、その声《こえ》は届《とど》かなかった。剛陣《ごうじん》が唾《つば》を飛《と》ばしながら監督《かんとく》に食《く》ってかかった。

「あんたの言《い》うこと、勝《か》つのとは反対《はんたい》のことばっかじゃねえか！」

「反対《はんたい》……」

その言葉《ことば》に反応《はんのう》したのは、小僧丸《こぞうまる》だ。彼《かれ》は豪炎寺《ごうえんじ》と出会《であ》った夜《よる》のことを思《おも》い出《だ》した。

「進《すす》むべき道《みち》が見《み》えないなら、反対側《はんたいがわ》を見《み》ろ」

豪炎寺《ごうえんじ》はそう言《い》って、ＤＦ《ディフェンダー》の小僧丸《こぞうまる》にＦＷ《フォワード》転向《てんこう》を決意《けつい》させたのだった。

「反対側《はんたいがわ》を……」

小僧丸《こぞうまる》は顔《かお》を上《あ》げた。しかし趙監督《ちょうかんとく》は目《め》を合《あ》わせず、何《なに》も言《い》わなかった。

結局《けっきょく》、打開策《だかいさく》らしいものはまったく見出《みいだ》せないまま、雷門《らいもん》は後半《こうはん》のピッチに立《た》った。

美濃道三《みのどうざん》はまたしても自陣《じじん》に引《ひ》きこもった。前半《ぜんはん》と何《なに》も変《か》わらない展開《てんかい》だ。

齊藤監督《さいとうかんとく》はほくそ笑《え》んでいる。

「やつらは、じきに攻撃《こうげき》に出《で》る。ワシらはその隙《すき》を突《つ》くのみ」

雷門《らいもん》イレブンの顔《かお》に、はっきりと焦《あせ》りが浮《う》かんでいた。特《とく》に剛陣《ごうじん》は我慢《がまん》の限界《げんかい》のようだ。

そこへ、イレブンバンドに趙監督《ちょうかんとく》から指示《しじ》が飛《と》んだ。

『みんなへの注意《ちゅうい》ダヨ→』『守《まも》らない人《ひと》はクビ♥』

「もう我慢《がまん》できねえ！」

しびれを切《き》らした剛陣《ごうじん》が、明日人《あすと》をけしかける。

「でも……」

明日人《あすと》も、趙監督《ちょうかんとく》の作戦《さくせん》をいまいち理解《りかい》できていない。ただ、監督《かんとく》の指示《しじ》には何《なに》か意味《いみ》があるはず、と思《おも》っている。しかし剛陣《ごうじん》の気迫《きはく》に押《お》され、ためらいがちに敵陣《てきじん》へと走《はし》り出《だ》そうとした。

が、その時《とき》。

「やめとけ！」と声《こえ》がした。

小僧丸《こぞうまる》だ。その声《こえ》は、何《なに》かを確信《かくしん》している。

「まだやめとけ。攻《せ》めるタイミングじゃねえ」

「なんでだよ!?」と剛陣《ごうじん》。

「答《こた》えは反対側《はんたいがわ》にあるかもしれない」

剛陣《ごうじん》には意味《いみ》がわからない。でも明日人《あすと》はわかっていた。木枯《こが》らし荘《そう》の屋上《おくじょう》で語《かた》られた「反対側《はんたいがわ》」の意味《いみ》を。

小僧丸《こぞうまる》のアドバイスがあって、雷門《らいもん》は無理《むり》に敵陣《てきじん》に突《つ》っ込《こ》むのをやめ、中盤《ちゅうばん》でボールを回《まわ》し始《はじ》めた。

「へえ、やるねえ。雷門《らいもん》の11番《ばん》くん」

観客席《かんきゃくせき》でつぶやいたのは野坂《のさか》だ。さすが戦術《せんじゅつ》の皇帝《こうてい》。彼《かれ》はもっと早《はや》い段階《だんかい》で、趙監督《ちょうかんとく》の作戦《さくせん》を見抜《みぬ》いていたようだ。

別《べつ》の場所《ばしょ》で目《め》を凝《こ》らしていた星章学園《せいしょうがくえん》の久遠監督《くどうかんとく》も、やはり雷門《らいもん》の動《うご》きを見《み》て「趙金雲《ちょうきんうん》

「……そういうことか」とうなずいた。

小僧丸《こぞうまる》が選《えら》んだのは、ボールが相手《あいて》に渡《わた》らないよう、ボールを大事《だいじ》に守《まも》る戦術《せんじゅつ》だった。

そしてそれは、自分《じぶん》たちのゴール前《まえ》に隙《すき》をつくらない戦術《せんじゅつ》でもある。

「ほーっほほほ」

指示《しじ》した張本人《ちょうほんにん》が、高《たか》らかに笑《わら》い声《ごえ》を上《あ》げていた。

「どうやら私《わたし》のねらいに気《き》づいたようですね」

「えっ？　何《なん》ですか、ねらいって!?」と、つくしが興味《きょうみ》を示《しめ》す。

「知《し》りたいですかな？」

「ま、まあ」と、杏奈《あんな》は圧倒《あっとう》されながら言《い》った。

「では、攻撃《こうげき》をせず、ずーっと守備《しゅび》ばかりをしていたら、どうなりますかな？」

「それは……」と杏奈《あんな》が口《くち》ごもる。

つくしがパッと閃《ひらめ》いた。

「守備《しゅび》ばっかりだと、相手《あいて》は得点《とくてん》できない！」

「ピンポーン！　正解《せいかい》！」

「イエーイ！」

笑顔《えがお》の趙監督《ちょうかんとく》が、つくしとハイタッチした。

「これまで多《おお》くのチームが、あの要塞《ようさい》を破《やぶ》ろうと攻撃《こうげき》ばかりして、薄《うす》くなった防御《ぼうぎょ》の隙《すき》を突《つ》かれ敗北《はいぼく》してきました」

その代《か》わり、雷門《らいもん》がこうしてボールを抱《かか》えている間《あいだ》は、点《てん》を取《と》ることもできない。

もしこのまま引《ひ》き分《わ》けなら……明日人《あすと》はピッチの上《うえ》で追《お》いつめられたように言《い》った。

「俺《おれ》たちのフットボールフロンティアは、ここで終《お》わる！」


時間《じかん》が空費《くうひ》されていく。

雷門《らいもん》イレブンが取《と》った行動《こうどう》は、砂時計《すなどけい》の砂《すな》が落《お》ちていくのを、ただ何《なに》もせず見《み》ているに等《ひと》しかった。

「マジでこのまま守《まも》り続《つづ》けんのかよ」

剛陣《ごうじん》の心《こころ》は焦《じ》れていた。

そして反対側《はんたいがわ》のベンチでも、齊藤監督《さいとうかんとく》が焦《じ》れていた。

「ぬうぅ……雷門《らいもん》イレブン、なにゆえ攻《せ》めてこない！　要塞《ようさい》ってえのは、攻《せ》めるのがお約《やく》束《そく》ってもんだろうよ！」

残《のこ》り時間《じかん》は10分《ぷん》。齊藤監督《さいとうかんとく》はしびれを切《き》らし、タブレットでフォーメーション変更《へんこう》の指《し》示《じ》を入力《にゅうりょく》した。

美濃道三《みのどうざん》のイレブンバンドが鳴《な》る。

それはまるで、戦国武士《せんごくぶし》たちの進軍《しんぐん》の合図《あいず》のようで……。

「この時《とき》が来《き》たか」

「おまえたち、行《い》くぞ」

「おおっ！」

隊列《たいれつ》は横《よこ》に広《ひろ》がり、地響《じひび》きとともに前進《ぜんしん》した。合戦場《かっせんじょう》のほら貝《がい》の音《おと》が聞《き》こえてきそうな迫力《はくりょく》だ。

前線《ぜんせん》に取《と》り残《のこ》された剛陣《ごうじん》と小僧丸《こぞうまる》は、美濃道三《みのどうざん》の動《うご》く要塞《ようさい》に弾《はじ》き飛《と》ばされた。

明日人《あすと》はボールをキープしながら後《うし》ろへ下《さ》がったが、やがて弾《はじ》き飛《と》ばされて、ボールをこぼした。MF《ミッドフィルダー》も全滅《ぜんめつ》した。

巨人《きょじん》の進撃《しんげき》が止《と》まらない。

美濃道三《みのどうざん》に渡《わた》ったボールは、FW《フォワード》宇郷《うごう》の足元《あしもと》へ。そのまま雷門《らいもん》ゴールに迫《せま》る。

「もらったー!」

宇郷《うごう》が雄叫《おたけ》びとともにシュート体勢《たいせい》に入《はい》り、雷門《らいもん》は絶体絶命《ぜったいぜつめい》のピンチを迎《むか》えた。

もはやこれまでか。

――その時《とき》だった。

雷門《らいもん》の、心優《こころやさ》しき大型《おおがた》DF《ディフェンダー》岩戸《いわと》が、両手《りょうて》で空中《くうちゅう》に大《おお》きな円《えん》を描《えが》き、叫《さけ》んだ。

「ザ・ウォー――――ル!!」

岩戸《いわと》の足元《あしもと》から壁《かべ》がせり出《だ》し、宇郷《うごう》を跳《は》ね返《かえ》した。

「ゴーレム――――っ!」

服部《はっとり》が驚《おどろ》き、感激《かんげき》した。

美濃道三《みのどうざん》ベンチの壁山《かべやま》も、敵《てき》ながら感動《かんどう》していた。

「まるで一流《いちりゅう》の左官職人《さかんしょくにん》が塗《ぬ》り上《あ》げたような芸術的壁《げいじゅつてきかべ》! 彼《かれ》は今《いま》まさに壁《かべ》っす、壁《かべ》そのものっす!」

ボールは岩戸《いわと》の足元《あしもと》に落《お》ちる。相手陣《あいてじん》には大《おお》きなスペースが広《ひろ》がっている。

そして、イレブンバンドに新《あら》たな指示《しじ》が流《なが》れる。

『せめどきキター』

さあ雷門《らいもん》、逆襲《ぎゃくしゅう》だ！

GO《ゴー》！ GO《ゴー》！ GO《ゴー》！

「ゴーゴーゴーッス！」

ボールは岩戸《いわと》から万作《まんさく》へ。そしてロングパス。イレブンは特訓《とっくん》したとおり、ロングパスを正確《せいかく》にトラップする。つないだボールは、明日人《あすと》から小僧丸《こぞうまる》へ！

「決《き》めてやる！ 俺《おれ》のあの技《わざ》で！」

小僧丸《こぞうまる》は、豪炎寺《ごうえんじ》と再会《さいかい》した日《ひ》のことを思《おも》い出《だ》していた。

FW《フォワード》として必殺技《ひっさつわざ》の練習《れんしゅう》に励《はげ》んだ河川敷《かせんしき》で、あこがれのストライカーは彼《かれ》に言《い》った。

「おまえは、必《かなら》ず強《つよ》くなれる」と。

その言葉《ことば》を信《しん》じ、その言葉《ことば》に応《こた》えたくて、来《く》る日《ひ》も来《く》る日《ひ》も特訓《とっくん》に明《あ》け暮《く》れた。

思《おも》い出《だ》しながら、小僧丸《こぞうまる》は気迫《きはく》をみなぎらせた。

ついに自分《じぶん》のものにしたこの技《わざ》で、難攻不落《なんこうふらく》の要塞《ようさい》をブチ破《やぶ》ってみせる！

「ファイアー――トルネー――ド！」

炎《ほのお》をまとったボールが、うなりを上げ《あ》てゴールへと伸《の》びていく。そして、相手《あいて》GK《ゴールキーパー》の城《じょう》西《さい》が腕《うで》を伸《の》ばすより早《はや》く、ネットに燃《も》えひろがる勢《いきお》いで突《つ》き刺《さ》さった。

ゴオオオオオル！

「おっしゃぁああ！」

明日人《あすと》が両手《りょうて》を突《つ》き上《あ》げた。

観客席《かんきゃくせき》からは大歓声《だいかんせい》が降《ふ》り注《そそ》いだ。

小僧丸《こぞうまる》のそばに剛陣《ごうじん》が駆《か》け寄《よ》り、手《て》を差《さ》し出《だ》す。

小僧丸《こぞうまる》はフッと笑《わら》った。ハイタッチの代《か》わりに、拳《こぶし》を剛陣《ごうじん》の手《て》のひらに当《あ》てた。

先制点《せんせいてん》は雷門《らいもん》！

驚《おどろ》きの展開《てんかい》に場内《じょうない》が盛《も》り上《あ》がる。中《なか》でも一番驚《いちばんおどろ》いているのは……、

「ほんとすごいよゴーレム！」

岩戸《いわと》だった。服部《はっとり》に褒《ほ》められてもなお、必殺技《ひっさつわざ》『ザ・ウォール』がなぜ出《だ》せたのか、本《ほん》

当《とう》に自分《じぶん》が出《だ》したのかと信《しん》じられない様子《ようす》で、自分《じぶん》の手《て》を見《み》つめている。

道成《みちなり》が、全員《ぜんいん》の思《おも》っていたことを口《くち》にする。

「必殺技《ひっさつわざ》出《だ》しそうな予兆《よちょう》、まったくなかっただろ」

「なんか……出《で》ちゃった……」

岩戸《いわと》はそう言《い》うのが精一杯《せいいっぱい》で、技《わざ》が出《で》た時《とき》と同《おな》じように両手《りょうて》で円《えん》を描《えが》いてみせた。

その仕草《しぐさ》を見《み》て、服部《はっとり》はピンときた。

「あ、それって！　もしかして落書《らくが》き消《け》しのおかげじゃない⁉」

「ゴスッ？　ゴス――ッ⁉」

言《い》われてようやく気《き》づいた岩戸《いわと》は、ただただ驚愕《きょうがく》していた。


「すごいです！　いきなり点《てん》入《い》れちゃうなんて！」

ベンチでは、つくしが声《こえ》を張《は》った。

「私《わたし》のよく知《し》るクンフーにこういう技《わざ》があります。その名《な》も『カー・ウン・ターオ』」

趙監督《ちょうかんとく》が中国語《ちゅうごくご》っぽい発音《はつおん》で技名《わざめい》を言《い》うと、つくしが「へえーっ」と素直《すなお》に感心《かんしん》した。

しかし杏奈《あんな》は冷静《れいせい》にツッコむ。

「今《いま》、カウンターって言《い》いましたよね」

カウンターは普通《ふつう》にサッカー用語《ようご》だ。相手《あいて》からボールを奪《うば》い一気《いっき》にゴールへ迫《せま》る、速攻《そっこう》のことだ。

「違《ちが》いますよ。『カァ――・ウン・タァーォです』」

言《い》い方《かた》変《か》わってるし。

趙監督《ちょうかんとく》は続《つづ》ける。

「大《おお》きい者《もの》を倒《たお》すには条件《じょうけん》があります。相手《あいて》の力《ちから》を利用《りよう》することです。相手《あいて》が攻撃《こうげき》しようと迫《せま》る勢《いきお》いが、こちらの攻撃《こうげき》に上乗《うわの》せされ、より強力《きょうりょく》な攻撃《こうげき》となるのですよ」

「へえー」

「……」

「それに彼《かれ》らは、守《まも》り続《つづ》けるという同《おな》じ手《て》を使《つか》われて、かつて体験《たいけん》したことないほどの焦《あせ》りを感《かん》じてしまったわけですよ。ほーっほほほ」

ピッチではプレイが再開《さいかい》していた。

岩戸《いわと》の『ザ・ウォール』と小僧丸《こぞうまる》の『ファイアトルネード』。2つの必殺技《ひっさつわざ》が生《う》まれ、勢《いきお》いは完全《かんぜん》に雷門《らいもん》だ。

小僧丸《こぞうまる》がスライディングでボールを奪《うば》い、スペースにパスを送《おく》る。

そこへ雷門《らいもん》の選手《せんしゅ》が一人《ひとり》、走《はし》り込《こ》む。

「俺《おれ》だって見《み》せてやる！　特訓《とっくん》の成果《せいか》を！」

剛陣《ごうじん》は、弓《ゆみ》を引《ひ》き絞《しぼ》るように大《おお》きく右足《みぎあし》を引《ひ》いた。

そして、溜《た》め込《こ》んだ力《ちから》をスパイクに集《あつ》めて豪快《ごうかい》に振《ふ》り下《お》ろした。

「ファイア――――ッ！　レモネ―――――――ドッ！」

努力《どりょく》の熱血《ねっけつ》FW《フォワード》、剛陣《ごうじん》の気合《きあい》を乗《の》せて、ボールはゴールの枠内《わくない》へ！

両《りょう》チームのイレブンが、ベンチが、そして観客席《かんきゃくせき》が静《しず》まり返《かえ》った。

……。

平凡《へいぼん》なシュートだった。GK《ゴールキーパー》の城西《じょうさい》は、ハエを払《はら》うようにペチッと片手《かたて》で叩《たた》き落《お》とした。

「出《で》るわけないですよ」

すかさず日和《ひより》がツッコんだ。

気《き》を取《と》り直《なお》して、雷門《らいもん》が再《ふたた》び攻《せ》め上《あ》がる。

美濃道三《みのどうざん》は、ここで追加点《ついかてん》を許《ゆる》せば絶望的《ぜつぼうてき》。なんとかボールを奪《うば》い返《かえ》して逆襲《ぎゃくしゅう》を繰《く》り出《だ》したい。DF《ディフェンダー》の4人《にん》は、ここが最後《さいご》の勝負《しょうぶ》どころと決断《けつだん》した。

「レンサ・ザ・ウォール!!」

選手一人《せんしゅひとり》による『ザ・ウォール』は、先《さき》ほど岩戸《いわと》が見《み》せたもの。だが、複数《ふくすう》の選手《せんしゅ》の必《ひっ》殺技《さつわざ》を複合《ふくごう》させるオーバーライドによって、必殺技《ひっさつわざ》はより大《おお》きな力《ちから》を発揮《はっき》する。

巨大《きょだい》な壁《かべ》が、ピッチの横幅《よこはば》いっぱいに広《ひろ》がった。

4人《にん》は足並《あしな》みをそろえ前進《ぜんしん》し始《はじ》めた。『レンサ・ザ・ウォール』で築《きず》いた絶壁《ぜっぺき》も、彼《かれ》らとともに動《うご》き出《だ》した。壁《かべ》はイレブンを吹《ふ》き飛《と》ばしながら、雷門《らいもん》ゴールに迫《せま》ってきた。

岩戸《いわと》が捨《す》て身《み》のタックルで立《た》ち向《む》かう。すると壁《かべ》からボールがこぼれ落《お》ち、氷浦《ひうら》の足元《あしもと》に転《ころ》がった。

それでも構《かま》わず、『レンサ・ザ・ウォール』は前進《ぜんしん》。氷浦《ひうら》をつぶしにかかる。

ありえない恐怖《きょうふ》にも負《ま》けず、氷浦《ひうら》は前《まえ》を見《み》つめた。

そして壁《かべ》の間《あいだ》に、ほんのわずかな隙間《すきま》を見《み》つけた。

「そこだーっ！」

氷浦《ひうら》がボールを肩《かた》の高《たか》さにリフトアップ。同時《どうじ》に体《からだ》を回転《かいてん》させ右手《みぎて》を払《はら》うと、ボールが冷気《れいき》に包《つつ》まれ、たちまち凍《こお》りついた。

「氷《こおり》の矢《や》――っ!!」

氷浦《ひうら》の超《ちょう》ロングパスが、壁《かべ》の隙間《すきま》を抜《ぬ》けた。

ボールが通《とお》った軌道《きどう》には、飛行機雲《ひこうきぐも》のように氷《こおり》の破片《はへん》が残《のこ》った。それが太陽《たいよう》の光《ひかり》を浴《あ》び、空《そら》にクリスタルのごとくキラキラした輝《かがや》きを放《はな》っていた。

その軌跡《きせき》はまさしく、学校中《がっこうじゅう》にホースでまいた水《みず》と同《おな》じだった。

氷浦《ひうら》の必殺技《ひっさつわざ》『氷《こおり》の矢《や》』は、明日人《あすと》のもとへ。

明日人《あすと》は胸《むね》でトラップすると、そのまま落《お》とさず左足《ひだりあし》でボレーシュートを見舞《みま》った。

ゴオオオオル！

そして試合終了《しあいしゅうりょう》！

新《しん》・雷門《らいもん》イレブンが、フットボールフロンティア初勝利《はつしょうり》を飾《かざ》った。

「つしゃーっ！」

「やったやったー！」

イレブンは思《おも》い思《おも》いに喜《よろこ》びを表現《ひょうげん》している。

剛陣《ごうじん》は小僧丸《こぞうまる》のもとへと歩《あゆ》み寄《よ》った。目《め》を合《あ》わせずに静《しず》かにつぶやく。

「サンキューな、小僧丸《こぞうまる》。俺《おれ》が攻《せ》めようっつったの、おまえが止《と》めたからこうなった」

「……ま、確《たし》かに俺《おれ》のおかげだよな」

剛陣《ごうじん》はフッと笑《わら》って、初勝利《はつしょうり》を噛《か》みしめた。

ベンチでは、大喜《おおよろこ》びのつくしが杏奈《あんな》に言《い》った。

「杏奈《あんな》ちゃん！　楽《たの》しかったでしょ⁉」

「えっ⁉」不意《ふい》を突《つ》かれた杏奈《あんな》だが、気《き》づけば「まあ……多少《たしょう》は」と答《こた》えていた。

「おーい、岩戸《いわと》くん！」相手《あいて》ベンチから壁山《かべやま》が手《て》を振《ふ》る。

「これからも壁同士《かべどうし》、より壁《かべ》らしい壁目指《かべめざ》して頑張《がんば》るっす！」

「ありがとうございゴス」

伝説《でんせつ》の雷門《らいもん》を支《ささ》えた先輩《せんぱい》DF《ディフェンダー》に褒《ほ》められ、岩戸《いわと》はとてもうれしそうだ。

その姿《すがた》を見《み》ることができて、服部《はっとり》もうれしそうに笑《わら》った。

観客席《かんきゃくせき》では、あごに手《て》を置《お》いて野坂《のさか》が西蔭《にしかげ》に語《かた》りかけた。

「あの監督《かんとく》は何者《なにもの》なんだろう」

「過去《かこ》のサッカーの記録《きろく》に、あの者《もの》の記述《きじゅつ》はありません」

「じゃあ、これから名《な》を残《のこ》すことになるのか」

謎《なぞ》の中国人監督《ちゅうごくじんかんとく》・趙金雲《ちょうきんうん》の手腕《しゅわん》には、野坂《のさか》の興味《きょうみ》を掻《か》き立《た》てる何《なに》かがあるようだ。

といっても、野坂《のさか》は笑《わら》ってもいないし、驚《おどろ》いてもいない。

彼《かれ》の眼差《まなざ》しは相変《あいか》わらず冷《つめ》たく、硬《かた》い。人工的《じんこうてき》とさえ言《い》える、ぬくもりを感《かん》じさせない
その両目《りょうめ》を、ただ前《まえ》に向《む》けていた。


ひと気《け》のない薄暗《うすぐら》いスタジアム通路《つうろ》に、誰《だれ》かの靴音《くつおと》が響《ひび》いていた。

うつむいて歩《ある》くその少年《しょうねん》の表情《ひょうじょう》は、グレーの髪《かみ》に隠《かく》れて見《み》えない。

少年《しょうねん》の腰《こし》にぶら下《さ》がるクマのキーホルダーが、靴音《くつおと》に合《あ》わせて揺《ゆ》れていた。

第《だい》5章《しょう》 星章学園《せいしょうがくえん》の闇《やみ》

星章学園《せいしょうがくえん》は、進学《しんがく》とスポーツの両立《りょうりつ》を掲《かか》げる名門校《めいもんこう》だ。メイン校舎《こうしゃ》に取《と》りつけられた星《ほし》のモニュメントに見守《みまも》られ、生徒《せいと》たちは規律《きりつ》ある学園生活《がくえんせいかつ》を送《おく》っている。

教室《きょうしつ》に終業《しゅうぎょう》のベルが響《ひび》く。

「起立《きりつ》」

号令《ごうれい》に合《あ》わせて、生徒《せいと》たちは一斉《いっせい》に立《た》ち上《あ》がり、姿勢《しせい》を正《ただ》した。

その中《なか》で、一人《ひとり》だけ頬杖《ほおづえ》をついて外《そと》を眺《なが》めている少年《しょうねん》がいた。灰崎凌兵《はいざきりょうへい》だ。

灰崎《はいざき》は視線《しせん》を教室《きょうしつ》に戻《もど》すと、気《け》だるそうに腰《こし》を上《あ》げて、放課後《ほうかご》の活気《かっき》をよそに、一人《ひとり》で校門《こうもん》へと歩《ある》いた。

そこへ、誰《だれ》かが声《こえ》をかけた。

「どこへ行《い》く、灰崎《はいざき》？」

サッカー部《ぶ》の先輩《せんぱい》、白鳥《しらとり》と折緒《おりお》だった。

「練習《れんしゅう》が始《はじ》まるぞ」

「悪《わる》いが俺《おれ》はパスだ」

「明日《あした》に向《む》けての調整《ちょうせい》がいる。勝手《かって》は許《ゆる》さん」

「次《つぎ》の試合《しあい》に俺《おれ》がいなくても、どうってことねえよ」

「おまえのせいで連携《れんけい》プランを組《く》み立《た》てられない。みんな迷惑《めいわく》してるんだ」

「俺《おれ》はおまえらと連携《れんけい》しなくても点《てん》を取《と》れる。時間《じかん》の無駄《むだ》だ」

灰崎《はいざき》は二人《ふたり》の横《よこ》を通《とお》りすぎようとした。すると、行《ゆ》く手《て》をふさぐように、キャプテンの水神矢《みずかみや》が立《た》っていた。

「灰崎《はいざき》……なぜおまえはわざと孤立《こりつ》する？」

「わざと？」

「おまえは相手《あいて》の実力《じつりょく》が低《ひく》いとみると、必《かなら》ずチームの反感《はんかん》を買《か》うようないい加減《かげん》なプレイをする。なぜだ？」

「変《へん》な言《い》いがかりはやめてくれ。調子《ちょうし》のいい時《とき》と悪《わる》い時《とき》くらいあってもいいだろ？」

灰崎《はいざき》の態度《たいど》に業《ごう》を煮《に》やした水神矢《みずかみや》が、一歩《いっぽ》踏《ふ》み込《こ》んだ。

「本当《ほんとう》にそうか？」

「何《なに》が言《い》いたい？」

「おまえは何《なん》のためにサッカーをしている？」

すると灰崎《はいざき》は、バカな質問《しつもん》だとでも言《い》うようにニヤッと笑《わら》った。

「サッカーが好《す》きだから……ってとこかなあ。ふふっ」

思《おも》わず言葉《ことば》を失《うしな》った水神矢《みずかみや》たちを置《お》いて、灰崎《はいざき》は立《た》ち去《さ》った。

水神矢《みずかみや》は思《おも》いを巡《めぐ》らせていた。

灰崎《はいざき》には何《なに》か孤立《こりつ》する理由《りゆう》があるのではないか。

水神矢《みずかみや》の見《み》つめる先《さき》、明《あか》るく健全《けんぜん》な星章学園《せいしょうがくえん》キャンパスの中《なか》に少《すこ》しだけ、灰崎《はいざき》の心《こころ》の闇《やみ》が霧《きり》のように残《のこ》っていた。

その頃《ころ》、明日人《あすと》は地図《ちず》を片手《かたて》に町《まち》の中《なか》を歩《ある》いていた。

趙監督《ちょうかんとく》からおつかいを頼《たの》まれた行《い》き先《さき》は、なぜか星章学園近《せいしょうがくえんちか》くのスポーツ店《てん》だった。どうしてわざわざ、よその町《まち》まで？　と明日人《あすと》は思《おも》う。

明日人《あすと》はしきりにキョロキョロした挙句《あげく》、ようやく目的《もくてき》の店《みせ》を見《み》つけた。

スポーツ店《てん》に入《はい》ろうとしたその時《とき》、明日人《あすと》は思《おも》いがけない人《ひと》を見《み》た気《き》がした。

数歩《すうほ》引《ひ》き返《かえ》し、おっかなびっくりゲームセンターの中《なか》へと踏《ふ》み込《こ》んだ。さまざまなゲーム機《き》の形《かたち》や光《ひかり》や音《おと》が、伊那国島育《いなくにじまそだ》ちの彼《かれ》にはもの珍《めずら》しかった。

そして、クレーンゲーム機《き》のところで、その人《ひと》を見《み》つけた。

「星章学園《せいしょうがくえん》の灰崎《はいざき》……くん、だよね。明日《あした》、試合見《しあいみ》に行《い》くから！」

「誰《だれ》だおまえ？」

「ほら、このあいだ試合《しあい》したでしょ。雷門《らいもん》の稲森明日人《いなもりあすと》！」

「ああ……あのへなちょこ中《ちゅう》か」

灰崎《はいざき》はすでに明日人《あすと》から目《め》を離《はな》し、クレーンゲームに向《む》き直《なお》っている。

「へなちょこ!?　雷門《らいもん》はへなちょこじゃない！」

「負《ま》けただろ？　完全《かんぜん》によ」

「負《ま》けたけど、まだここから巻《ま》き返《かえ》すさ。俺《おれ》たちは全国《ぜんこく》に行《い》くんだ」

「ふん、あの程度《ていど》の実力《じつりょく》で行《い》けるかよ」

「行《い》けるさ！　どんな特訓《とっくん》をしても食《く》い下《さ》がってみせる」

「へいへい」

バカにされ続《つづ》け、明日人《あすと》はムッとした。

「灰崎《はいざき》だって、こんなところで遊《あそ》んでていいの？　試合前《しあいまえ》の調整《ちょうせい》とかないの？」

いつの間《ま》にか「くん」付《づ》けをやめ、灰崎《はいざき》を呼《よ》び捨《す》てにしていた。

「明日《あした》の試合《しあい》には出《で》ねえよ」

「え、なんで？」

「出《で》るかどうかは俺自身《おれじしん》が決《き》める。明日《あした》はのらねえ。だから試合《しあい》には出《で》ない、以上《いじょう》」

めんどくさそうに言《い》いながら、灰崎《はいざき》はボタンを操作《そうさ》した。

「星章学園《せいしょうがくえん》ではそんな勝手《かって》が許《ゆる》されるの？」

「俺《おれ》クラスになるとな」

クレーンのアームがクマのぬいぐるみを捕《つか》まえ、持《も》ち上《あ》げる。

「せっかくの試合《しあい》でしょ！　なんで出《で》ないんだよ！」

「うっせえなあ、俺《おれ》の勝手《かって》だろうがよ」

カタン、とぬいぐるみが出《で》てきた。

灰崎《はいざき》は満足《まんぞく》そうにそれを持《も》ち上《あ》げ、「じゃあな」とゲーセンを出《で》ていった。


灰崎《はいざき》はそれから、ある場所《ばしょ》へ向《む》かった。

町《まち》なかを歩《ある》く彼《かれ》を、今度《こんど》は学習塾《がくしゅうじゅく》『Ｚ《ゼット》ゼミ』から出《で》てきた小僧丸《こぞうまる》が目撃《もくげき》した。

灰崎《はいざき》は姿《すがた》を見《み》られたことに気《き》づかないまま、隣《となり》の建物《たてもの》のエントランスに入《はい》っていく。

そこは、市立総合病院《しりつそうごうびょういん》。

好奇心《こうきしん》がうずいた小僧丸《こぞうまる》は、思《おも》わず後《あと》をつけた。

灰崎《はいざき》は診察《しんさつ》の受付《うけつけ》ではなく、入院病棟《にゅういんびょうとう》にまっすぐ進《すす》んでいく。

気《き》づかれないように、小僧丸《こぞうまる》はタイミングをずらして廊下《ろうか》を進《すす》み、病室《びょうしつ》の壁《かべ》に体《からだ》を寄《よ》せて息《いき》を潜《ひそ》めた。

ドアの向《む》こうには、少女《しょうじょ》の姿《すがた》があった。年齢《ねんれい》は灰崎《はいざき》や小僧丸《こぞうまる》と同《おな》じぐらいだ。丸椅子《まるいす》に腰掛《こしか》けた少女《しょうじょ》は、灰崎《はいざき》が入《はい》ってきても目《め》を合《あ》わせず、じっと窓《まど》の外《そと》に顔《かお》を向《む》けていた。

灰崎《はいざき》はクマのぬいぐるみをテーブルに置《お》く。

「こういうの好《す》きだろ」

「……」

少女《しょうじょ》はちらりと目《め》を動《うご》かしただけで、また窓《まど》に顔《かお》を戻《もど》した。

「おまえの心《こころ》はどうしたら戻《もど》ってくる？」

「……」

少女《しょうじょ》の横顔《よこがお》に、相変《あいか》わらず感情《かんじょう》は浮《う》かんでこなかった。

「アレスだ」

長《なが》い沈黙《ちんもく》を破《やぶ》って、灰崎《はいざき》が唐突《とうとつ》につぶやいた。

「アレスの天秤《てんびん》が茜《あかね》の心《こころ》を破壊《はかい》した。俺《おれ》はあのチームを叩《たた》きつぶして、アレスの天秤《てんびん》に何《なん》の意味《いみ》もないことを証明《しょうめい》する！　サッカーをやっていれば、おまえをこんな目《め》にあわせたやつらに復讐《ふくしゅう》できる！　その日《ひ》が来《く》るまで、俺《おれ》はサッカーを続《つづ》ける……」

立《た》ち聞《ぎ》きしていた小僧丸《こぞうまる》が、表情《ひょうじょう》をこわばらせた。

灰崎《はいざき》が病室《びょうしつ》を出《で》ると、ロビーのテレビがフットボールフロンティアのニュースを伝《つた》えていた。インタビューを受《う》けているのは元《もと》・雷門《らいもん》の『炎《ほのお》のエースストライカー』豪炎寺修也《ごうえんじしゅうや》。今《いま》はサッカー強化委員《きょうかいいん》として木戸川清修《きどかわせいしゅう》でプレーしている。

豪炎寺《ごうえんじ》は明日《あした》の星章学園戦《せいしょうがくえんせん》を展望《てんぼう》し、対戦相手《たいせんあいて》のキーマンに灰崎《はいざき》の名《な》を挙《あ》げた。

「灰崎《はいざき》は星章《せいしょう》の力《ちから》でもあり、弱点《じゃくてん》でもある。完全《かんぜん》なるチームワークを誇《ほこ》る我《われ》ら木戸川清修《きどかわせいしゅう》なら、ほころびを抱《かか》えた不完全《ふかんぜん》な星章学園《せいしょうがくえん》を倒《たお》せる」

灰崎《はいざき》の拳《こぶし》が震《ふる》えていた。


「復讐《ふくしゅう》？」

明日人《あすと》が思《おも》わず聞《き》き返《かえ》す。

木枯《こが》らし荘《そう》では小僧丸《こぞうまる》が、昼間目撃《ひるまもくげき》したことを仲間《なかま》たちに伝《つた》えていた。

「ああ。あいつがサッカーをしている理由《りゆう》は、復讐《ふくしゅう》のためらしい」

「なんでサッカーをすると復讐《ふくしゅう》になるの？」

「詳《くわ》しいことはわかんねえが、茜《あかね》って女《おんな》が絡《から》んでいる」

「茜《あかね》……誰《だれ》？」

明日人《あすと》が目《め》を泳《およ》がせる。

「まさか、恋人《こいびと》とか⁉」

のりかがグンと身《み》を乗《の》り出《だ》してくる。

小僧丸《こぞうまる》は、のりかの妄想恋《もうそうこい》バナには付《つ》き合《あ》わず、話《はなし》を戻《もど》した。

「あと、アレスの天秤《てんびん》とか言《い》ってたけど、なんのことかはわからなかった」

「アレスの天秤《てんびん》？」

明日人《あすと》が訊《き》くと、すかさず万作《まんさく》が説明《せつめい》する。

「最近話題《さいきんわだい》になった教育《きょういく》システムだ。幼少期《ようしょうき》から大人《おとな》になるまで一貫《いっかん》して教育《きょういく》するらしい」

しかし、明日人《あすと》の疑問《ぎもん》は尽《つ》きない。

「それが灰崎《はいざき》の復讐《ふくしゅう》とどう関係《かんけい》あるっていうの？」

「俺《おれ》が知《し》るかよ」

そこで奥入《おくいり》が、想像《そうぞう》を口《くち》にした。

「どうせライバル選手《せんしゅ》に茜《あかね》って子《こ》を取《と》られたとか、その程度《ていど》のことでしょう」

「灰崎《はいざき》が？」

「そんなよこしま、かつ、いい加減《かげん》な理由《りゆう》でサッカーをやっていたとはね」

「いい加減《かげん》なやつにあんなサッカーはできない！」

明日人《あすと》は、灰崎《はいざき》が見《み》せた必殺技《ひっさつわざ》『オーバーヘッドペンギン』の威力《いりょく》を思《おも》い出《だ》し、気《き》づけばムキになって言《い》い返《かえ》していた。

「とにかく明日《あした》、見《み》てみようよ」

と、のりかが言《い》った。


病院《びょういん》を出《で》た灰崎《はいざき》は、橋《はし》の上《うえ》で足《あし》を止《と》めた。

見下《みお》ろす釣《つ》り堀《ぼり》で、小《ちい》さな男《おとこ》の子《こ》と女《おんな》の子《こ》が遊《あそ》んでいる。

その姿《すがた》が、あの頃《ころ》の自分《じぶん》たちに重《かさ》なる――。

アパートの隣《となり》に茜《あかね》が引《ひ》っ越《こ》してきたのは、確《たし》か灰崎《はいざき》が8歳《さい》ぐらいの時《とき》だ。玄関《げんかん》をのぞき込《こ》んだ彼《かれ》に、彼女《かのじょ》は微笑《ほほえ》みを返《かえ》した。

恥《は》ずかしがって家《いえ》に引《ひ》っ込《こ》むと、今度《こんど》は茜《あかね》がドアをノックした。

「はいこれ。お近《ちか》づきのしるし!」

プレゼントは、大《おお》きなクマのぬいぐるみだった。

二人《ふたり》はすぐに友《とも》だちになった。

ある日《ひ》、近所《きんじょ》の沼《ぬま》でザリガニ釣《つ》りをした。顔《かお》じゅう泥《どろ》だらけの灰崎《はいざき》を見《み》て、茜《あかね》はぷっと噴《ふ》き出《だ》した。灰崎《はいざき》がはさみで指《ゆび》を挟《はさ》まれると、今度《こんど》は大笑《おおわら》いした。

土手《どて》で自転車《じてんしゃ》を二人《ふたり》乗《の》りしたこともあった。茜《あかね》が楽《たの》しそうに体《からだ》を揺《ゆ》すると、灰崎《はいざき》がバランスを崩《くず》した。自転車《じてんしゃ》がよろめくと、茜《あかね》は「いぇええええい!」とはしゃいでいた。

いつも茜《あかね》は太陽《たいよう》のように笑《わら》っていた。

茜《あかね》は、人見知《ひとみし》りの激《はげ》しかった灰崎《はいざき》の心《こころ》を温《あたた》め、解《と》きほぐしていった。まるで太陽《たいよう》が旅人《たびびと》のマントを脱《ぬ》がせた童話《どうわ》のように。

ところが、そんなおだやかな日々《ひび》も長《なが》くは続《つづ》かなかった。

二人《ふたり》はいつものように、アパート2階《かい》の外廊下《そとろうか》で話《はな》していた。床《ゆか》に腰《こし》をつけた茜《あかね》が、手《て》すりの隙間《すきま》から足《あし》をプラプラさせて言《い》う。

「私《わたし》ね、新《あたら》しい学校《がっこう》に行《い》くことになったの。だから、りょうへいとお別《わか》れ」

「え……」

「そこはね、いろんな勉強《べんきょう》をやらせてくれるんだって。私《わたし》は選《えら》ばれたから、タダでいいらしいんだ。うちお金《かね》ないからさ、パパとママも助《たす》かるんだって」

「ふぅーん」

「私《わたし》ね、そこでいっぱい勉強《べんきょう》して、お医者《いしゃ》さんになるんだ。で、病気《びょうき》の人《ひと》をたくさん治《なお》してあげるの」

「そっか……じゃあ、もういっしょに遊《あそ》べなくなるのか？」

「うーん、そうだね。もういっしょに遊《あそ》べない」

あたりが急《きゅう》に薄暗《うすぐら》くなった気《き》がした。

太陽《たいよう》が消《き》えてしまう……。

灰崎《はいざき》は精一杯《せいいっぱい》強《つよ》がってみせた。

「なんていう学校《がっこう》なんだ？　仕方《しかた》ないから、たまに遊《あそ》びに行《い》ってやるよ」

「ほんと？　えっとね、アレスなんとか……ってパパが言《い》ってた」

それきり、灰崎《はいざき》はまた一人《ひとり》ぼっちになった。

家《いえ》は隣同士《となりどうし》のままだが、茜《あかね》が帰《かえ》ってくることはほとんどなかった。灰崎《はいざき》は来《く》る日《ひ》も来《く》る日《ひ》も、2階《かい》の外廊下《そとろうか》で一人《ひとり》さびしく時間《じかん》をつぶしていた。

しばらく月日《つきひ》がたったある日《ひ》、アパート前《まえ》に停《と》まったタクシーの窓《まど》から、茜《あかね》の顔《かお》がのぞいた。灰崎《はいざき》はダッシュで階段《かいだん》を駆《か》け下《お》りた。笑顔《えがお》で「おかえり」と言《い》いたかった。

しかし……。

目《め》にしたのは、変《か》わり果《は》てた彼女《かのじょ》の姿《すがた》だった。

茜《あかね》は車椅子《くるまいす》に乗《の》り、焦点《しょうてん》の合《あ》わない視線《しせん》を力《ちから》なく前《まえ》に向《む》けていた。

「茜《あかね》？」

彼女《かのじょ》は答《こた》えず、まるで知《し》らない人《ひと》でも見《み》るように、灰崎《はいざき》を見《み》た。

アレスだ。アレスが茜《あかね》を変《か》えてしまったんだ。

それから数年後《すうねんご》、灰崎《はいざき》はアレスが何《なん》なのかを偶然知《ぐうぜんし》った。

ある日《ひ》、繁華街《はんかがい》を歩《ある》いていた灰崎《はいざき》は、行《ゆ》き交《か》う人々《ひとびと》がみな、足《あし》を止《と》めて街頭《がいとう》スクリーンを見上《みあ》げているのに気《き》がついた。灰崎《はいざき》も立《た》ち止《ど》まり、画面《がめん》に目《め》を凝《こ》らした。

スクリーンの中《なか》で、月光《げっこう》エレクトロニクスの御堂院社長《みどういんしゃちょう》が熱弁《ねっべん》をふるっていた。

「アレスの天秤《てんびん》は、幼少期《ようしょうき》よりDNA《ディーエヌエー》分析《ぶんせき》に基《もと》づいた、無駄《むだ》のない合理的《ごうりてき》な教育《きょういく》プログラムを実行《じっこう》します。その子《こ》ども一人一人《ひとりひとり》に合《あ》った最高《さいこう》の教育《きょういく》プランを、システムが提案《ていあん》してくれます」

御堂院《みどういん》は、ある資料映像《しりょうえいぞう》を紹介《しょうかい》した。灰崎《はいざき》の目《め》に、力《ちから》が込《こ》もった。

「彼《かれ》らはアレスの天秤教育《てんびんきょういく》システムを使《つか》って育成《いくせい》されたサッカーチームです。個々《ここ》の能力《のうりょく》を最大限《さいだいげん》に引《ひ》き出《だ》された彼《かれ》らは、まさに達人《たつじん》。間《ま》もなくサッカー界《かい》を席巻《せっけん》するでしょう。それによって、アレスの天秤《てんびん》の力《ちから》が世界《せかい》に証明《しょうめい》されることになるのです！」

アレスが育《そだ》てたエリートサッカー集団《しゅうだん》。それは王帝月《おうていつき》ノ宮中《みやちゅう》サッカー部《ぶ》だった。

この時《とき》、灰崎《はいざき》には自分《じぶん》のやるべきことがはっきりと見《み》えた。

アレスの天秤《てんびん》への復讐《ふくしゅう》。

その方法《ほうほう》は、サッカーの道《みち》に進《すす》み、王帝月《おうていつき》ノ宮《みや》を叩《たた》きのめすことだった。


星章学園《せいしょうがくえん》スタジアムには、続々《ぞくぞく》と人《ひと》が押《お》し寄《よ》せていた。これから木戸川清修《きどかわせいしゅう》との試合《しあい》が始《はじ》まる。フットボールフロンティア予選《よせん》ブロックの大一番《おおいちばん》だ。

「ここですね、サッカープレイヤーズゲート！」

つくしが、試合《しあい》を見《み》に来《き》た明日人《あすと》たちを誘導《ゆうどう》する。

「でも、この間《あいだ》の試合《しあい》の時《とき》はあっちから入《い》れてもらったけど」

「今日《きょう》はこれがあるじゃないですか。サッカー関係者《かんけいしゃ》はこのライセンスカードを使《つか》って、ここの入口《いりぐち》から入《はい》れるんですよ。ささ、行《い》きましょ！」

明日人《あすと》がライセンスカードをかざすと、自動《じどう》でゲートが開《あ》いた。

「なんかズルしてる感《かん》じがする」

「一般《いっぱん》の人《ひと》からみたら、今《いま》のサッカープレイヤーは特別《とくべつ》な存在《そんざい》なんだ」万作《まんさく》が言《い》った。

「VIP《ビップ》だな」小僧丸《こぞうまる》が言《い》った。

その時《とき》、奥《おく》のほうから「キャーッ」という黄色《きいろ》い声《こえ》が聞《き》こえてきた。

その人《ひと》だかりを見《み》て、つくしが言《い》った。

「王帝月《おうていつき》ノ宮《みや》の野坂君《のさかくん》です！　いつ見《み》てもかっこいいですねー。視察《しさつ》で来《き》てるのかなあ」

「野坂《のさか》くん……」

「ほら、この間《あいだ》プレイヤーズカードで人気《にんき》だって教《おし》えたでしょ？」

「ああ……。それで、彼《かれ》はすごいの？」

「戦術《せんじゅつ》の皇帝《こうてい》っていう異名《いみょう》を持《も》ってて、プレイもすごいし、顔《かお》も整《ととの》っているの。さらには勉強《べんきょう》もパーフェクトらしくて、三拍子《さんびょうし》そろったプレイヤーなのよ」

「ふぅーん……」

杏奈《あんな》は野坂《のさか》の横顔《よこがお》を見《み》つめていた。

「あれ〜、少《すこ》しは興味《きょうみ》湧《わ》いてきたのかな？」

「ぜーーんぜん！」

星章学園《せいしょうがくえん》イレブンは、サッカー部会議室《ぶかいぎしつ》に集《あつ》められていた。

「試合《しあい》には出《で》ないんじゃなかったのか、灰崎《はいざき》」

白鳥《しらとり》が怪訝《けげん》そうに言《い》う。

「今日《きょう》は朝《あさ》から調子《ちょうし》が良《よ》くってな。腹《はら》ごなしに来《き》てやった」

「来《き》てやっただと！」

白鳥《しらとり》は、つかみかかる寸前《すんぜん》、水神矢《みずかみや》に止《と》められた。

「そろっているな。ではこれよりスターティングイレブンを発表《はっぴょう》する」

鬼道《きどう》の声《こえ》が響《ひび》き、先発《せんぱつ》の布陣《ふじん》がスクリーンに映《うつ》し出《だ》された。

と同時《どうじ》に、メンバー全員《ぜんいん》が驚《おどろ》きの声《こえ》を挙《あ》げた。

GK《ゴールキーパー》のポジションには、なぜか灰崎《はいざき》の名《な》があった。

「鬼道《きどう》！　これはなんの冗談《じょうだん》だ？」

灰崎《はいざき》が、椅子《いす》を跳《は》ね飛《と》ばして立《た》ち上《あ》がった。

「俺《おれ》は冗談《じょうだん》など言《い》わない」

「灰崎《はいざき》くん、これも作戦《さくせん》なの。鬼道《きどう》さんを信《しん》じて」

マネージャーの音無春奈《おとなしはるな》が、GK用《ゴールキーパーよう》のユニフォームを灰崎《はいざき》にぐいっと差《さ》し出《だ》した。

「いいか、鬼道《きどう》。俺《おれ》はあんたのファンタジーに付《つ》き合《あ》っているひまはねえんだ」

灰崎《はいざき》は声《こえ》を荒《あら》らげた。

「これは灰崎《はいざき》でなくても異議《いぎ》を唱《とな》えたくなりますよ。どういうことか説明《せつめい》してください」

キャプテンの水神矢《みずかみや》も、たまらず鬼道《きどう》に意見《いけん》した。

「今回《こんかい》の試合《しあい》には豪炎寺《ごうえんじ》が出《で》てくる。本気《ほんき》を出《だ》さなければ星章《せいしょう》は負《ま》ける」

星章学園《せいしょうがくえん》が本気《ほんき》を出《だ》すことと、示《しめ》されたフォーメーションに、一体《いったい》どういう関係《かんけい》があるというのか。

鬼道《きどう》の説明《せつめい》に納得《なっとく》できる者《もの》はいなかった。

「今回《こんかい》の件《けん》は監督《かんとく》も了承済《りょうしょうず》みだ。不満《ふまん》があるなら監督《かんとく》に直談判《じかだんぱん》でもするんだな」

「鬼道《きどう》、きさま……」

灰崎《はいざき》が、きつく奥歯《おくば》を噛《か》んだ。

スタジアムには、両《りょう》チームのスポンサーを紹介《しょうかい》するアナウンスが流《なが》れていた。

『あなたの毎日《まいにち》を癒《いや》し続《つづ》ける。キラスター製薬《せいやく》は、星章学園《せいしょうがくえん》を応援《おうえん》しています』

『君《きみ》の成績《せいせき》にトルネード！　トライアングル学習方式《がくしゅうほうしき》で未来《みらい》を設計《せっけい》するZ《ゼット》ゼミは、木戸川《きどかわ》清修中《せいしゅうちゅう》を応援《おうえん》しています』

アナウンスが終《お》わると、両《りょう》チームの選手《せんしゅ》たちがフィールドへと駆《か》け出《だ》し、ウォーミングアップを始《はじ》めた。声援《せいえん》が一層大《いっそうおお》きくなる。

タッチラインの脇《わき》では、元《もと》・雷門《らいもん》のレジェンドプレイヤーが敵味方《てきみかた》に別《わか》れて再会《さいかい》した。

「そっちはかなり仕上《しあ》げてきたようだな」

鬼道《きどう》がクールに話《はな》しかける。

「相手《あいて》はおまえだからな。こちらも真剣《しんけん》だ」と豪炎寺《ごうえんじ》が返《かえ》す。

「そっちの問題《もんだい》は未解決《みかいけつ》のようだが」

「手《て》は打《う》った。あとはこのチームの力次第《ちからしだい》だ」

「では見《み》せてもらうとしよう。『ピッチの絶対指導者《ぜったいしどうしゃ》』とやらのお手並《てな》みを」

鬼道《きどう》と豪炎寺《ごうえんじ》。短《みじか》い会話《かいわ》を交《か》わした二人《ふたり》はピッチに入《はい》り、センターラインを挟《はさ》んでお互《たが》いに背《せ》を向《む》けた。

やや遅《おく》れて、灰崎《はいざき》も不満《ふまん》そうにフィールドに足《あし》を踏《ふ》み入《い》れた。一人《ひとり》だけ違《ちが》う色《いろ》のユニフォームを着《き》て、両手《りょうて》にはキーパーグローブをはめて。

観客席《かんきゃくせき》が大《おお》きくどよめく。明日人《あすと》も目《め》を丸《まる》くする。

「さすがにこれは理解《りかい》に苦《くる》しむな」

「久遠監督《くどうかんとく》は才覚《さいかく》のある戦術監督《せんじゅつかんとく》だと聞《き》く。考《かん》えもなしにあんなことをするとも思《おも》えないが……」

万作《まんさく》と道成《みちなり》も首《くび》をかしげる。

別《べつ》の場所《ばしょ》で見《み》ていた王帝月ノ宮《おうていつきのみや》の野坂《のさか》は、すでに星章学園《せいしょうがくえん》サイドの考《かんが》えを見抜《みぬ》いていた。

「やり方《かた》はともかく、監督《かんとく》の意図《いと》はわかる……。しかし、当《とう》の灰崎《はいざき》くん自身《じしん》は理解《りかい》していないようだね」

「前回《ぜんかい》の試合《しあい》でも、星章《せいしょう》の問題点《もんだいてん》は明《あき》らかでした」と西蔭《にしかげ》が応《おう》じる。

「ふふ……。さて、どうなることやら」と、野坂《のさか》は短《みじか》く笑《わら》った。

「監督《かんとく》の判断《はんだん》と考《かんが》えていいんですよね」

水神矢《みずかみや》がベンチ前《まえ》で久遠監督《くどうかんとく》に問《と》いただしていた。

「そうだ」

「チームの灰崎《はいざき》への不満《ふまん》は膨《ふく》らんでいます。ここで何《なに》かしでかせば、灰崎《はいざき》はチームを追《お》われることになりますよ！」

「……」

「まさか監督《かんとく》は、灰崎《はいざき》を排除《はいじょ》するおつもりですか！」

「フィールドに戻《もど》れ、水神矢《みずかみや》。今《いま》はおまえと議論《ぎろん》しているひまはない」

「監督《かんとく》！」

水神矢《みずかみや》は不安《ふあん》を抱《かか》えたままポジションに戻《もど》った。


木戸川清修《きどかわせいしゅう》は、キックオフから抜群《ばつぐん》のチームワークで主導権《しゅどうけん》を握《にぎ》った。

豪炎寺《ごうえんじ》とともに強力《きょうりょく》アタッカー陣《じん》を形成《けいせい》するのは、三《み》つ子《ご》の3年生《ねんせい》、武方三兄弟《むかたさんきょうだい》だ。

名前《なまえ》はそれぞれ勝《まさる》・努《つとむ》・友《とも》。

3人《にん》はトライアングル（三角形《さんかくけい》）状《じょう》にフォーメーションを組《く》み、高速《こうそく》でパスを回《まわ》しながら敵陣《てきじん》に切《き》り込《こ》んでいく。相手《あいて》がボールを奪《うば》いに来《き》ても、三兄弟《さんきょうだい》は斜《なな》めに斜《なな》めにとボールを動《うご》かし、スピードを緩《ゆる》めず守備網《しゅびもう》をすり抜《ぬ》けていく。

みるみる中盤《ちゅうばん》を抜《ぬ》けると、ボールは勝《まさる》から豪炎寺《ごうえんじ》へ。早《はや》くもシュートチャンスだ。

「来《く》る！」

観客席《かんきゃくせき》の小僧丸《こぞうまる》が目《め》を輝《かがや》かせた。

豪炎寺《ごうえんじ》は高《たか》くジャンプした。

「ファイアトルネード！」

炎《ほのお》に包《つつ》まれたボールが灰崎《はいざき》を襲《おそ》った。灰崎《はいざき》は身構《みがま》えることすらできない。

先制《せんせい》ゴールは木戸川清修《きどかわせいしゅう》！

と思《おも》われた瞬間《しゅんかん》、星章学園《せいしょうがくえん》のDF《ディフェンダー》八木原《やぎはら》と白鳥《しらとり》が、身《み》を呈《てい》してシュートをブロック。『ファイアトルネード』をまともに食《く》らいながらも必死《ひっし》で足《あし》を踏《ふ》ん張《ば》り、二人《ふたり》がかりでどうにか失点《しってん》を防《ふせ》いだ。

一方《いっぽう》で灰崎《はいざき》は、あまりの勢《いきお》いに後《あと》ずさりした。足《あし》がもつれ、尻餅《しりもち》をついた。

阻止《そし》された豪炎寺《ごうえんじ》は不敵《ふてき》に笑《わら》っていた。このシュートはほんの小手調《こてしら》べ。本物《ほんもの》の『ファイアトルネード』はこんなものではない。

離《はな》れた場所《ばしょ》で、鬼道《きどう》は豪炎寺《ごうえんじ》のメッセージを感《かん》じ取《と》った。

「さすがだな、豪炎寺《ごうえんじ》。木戸川清修《きどかわせいしゅう》の仕上《しあ》がりがこれまでとは別次元《べつじげん》だ」

たまらず水神矢《みずかみや》が駆《か》け寄《よ》る。

「まずいです、鬼道《きどう》さん。やつらはデータより数段上《すうだんうえ》のチーム力《りょく》を持《も》っているようです」

「ああ、そうだな」鬼道《きどう》は、いつものように片頬《かたほお》を上《あ》げて笑《わら》う。

「心配《しんぱい》するな。どんなに苦戦《くせん》を強《し》いられようと、最後《さいご》に勝《か》つのは俺《おれ》たちだ」

ゴーグルの奥《おく》に隠《かく》れた両目《りょうめ》は、『最高《さいこう》のサッカー』で勝《か》つことだけを見据《みす》えていた。

一方《いっぽう》の灰崎《はいざき》は、屈辱《くつじょく》に耐《た》えかねていた。

「俺《おれ》はこんなとこでウダウダやってるひまはねえんだよ」

キーパーグローブで地面《じめん》を叩《たた》き、鬼《おに》の形相《ぎょうそう》で叫《さけ》んだ。

「鬼道《きどう》ぉおおおお！」

第《だい》6章《しょう》 炎《ほのお》のエースストライカー

星章学園《せいしょうがくえん》は反撃《はんげき》に転《てん》じた。ピッチ中央《ちゅうおう》やや右《みぎ》で、MF《ミッドフィルダー》鬼道《きどう》がボールを呼《よ》び込《こ》む。鬼道《きどう》はパスを受《う》けると同時《どうじ》にゴール方向《ほうこう》へ加速《かそく》した。

木戸川清修《きどかわせいしゅう》は、FW《フォワード》の豪炎寺《ごうえんじ》が下《さ》がってこれに対応《たいおう》。左《ひだり》から体《からだ》を寄《よ》せ、鬼道《きどう》の胸《むね》の前《まえ》に自分《じぶん》の右肩《みぎかた》をねじ込《こ》む。

すかさず鬼道《きどう》が、ボールを隠《かく》すように右《みぎ》へとターン。豪炎寺《ごうえんじ》の背中《せなか》を回《まわ》って再《ふたた》び前《まえ》に出《で》ようとするが、豪炎寺《ごうえんじ》も半回転《はんかいてん》して正面《しょうめん》をふさぐ。

二人《ふたり》は至近距離《しきんきょり》で向《む》かい合《あ》う格好《かっこう》になった。

鬼道《きどう》は左《ひだり》の口角《こうかく》をかすかに上《あ》げて笑《わら》った。

「さすがだな、豪炎寺《ごうえんじ》」

「俺一人《おれひとり》の力《ちから》じゃない、チーム全員《ぜんいん》が連携《れんけい》した力《ちから》だ」

鬼道《きどう》が重心《じゅうしん》を落《お》として右《みぎ》にグッと踏《ふ》み込《こ》む。負《ま》けじと豪炎寺《ごうえんじ》も隙《すき》のない体勢《たいせい》で半歩《はんぽ》動《うご》く。

鬼道《きどう》は抜《ぬ》くのをやめ、また向《む》かい合《あ》った。

一瞬《いっしゅん》の攻防《こうぼう》ながら、両者《りょうしゃ》の心技体《しんぎたい》すべてがハイレベルで激突《げきとつ》している。

観客《かんきゃく》たちは固唾《かたず》をのんで、二人《ふたり》とその間《あいだ》にある空間《くうかん》を見《み》つめていた。

鬼道《きどう》が動《うご》く。右足《みぎあし》インサイドにボールを引《ひ》っ掛《か》け、体《からだ》の左側《ひだりがわ》に大《おお》きくステップする。豪《ごう》炎寺《えんじ》が寄《よ》せる。と、鬼道《きどう》は左《ひだり》に持《も》ち替《か》えて右前方《みぎぜんぽう》へ走《はし》り出《だ》す。一人《ひとり》ワンツーだ。

豪炎寺《ごうえんじ》の反応《はんのう》が一瞬遅《いっしゅんおく》れた。

鬼道《きどう》の前《まえ》に視界《しかい》が広《ひろ》がった。遠《とお》くを見《み》た。右《みぎ》に膨《ふく》らむように動《うご》き出《だ》した折緒《おりお》へ、強《つよ》いパスを送《おく》る。

絶妙《ぜつみょう》。……いや、パスの通《とお》り道《みち》に木戸川清修《きどかわせいしゅう》のDF《ディフェンダー》西垣守《にしがきまもる》が滑《すべ》り込《こ》み、ボールを奪《うば》った。

「ここまで仕上《しあ》げてくるとはな」

鬼道《きどう》がうなる。折緒《おりお》へのパスは、「出《だ》した」というより「出《だ》すしかなかった」。木戸川清《きどかわせい》修《しゅう》はあらかじめ、ほかのパスコースをすべて切《き》っていて、折《おり》緒《お》にしか出《だ》せないように仕《し》向《む》けていたのだ。

「武方三兄弟《むかたさんきょうだい》だけではなく、チーム全体《ぜんたい》の意思疎通《いしそつう》が行《ゆ》き届《とど》いている。完全《かんぜん》なチームサッカーだ」

「そうだ」と、豪炎寺《ごうえんじ》。

「かつて天才《てんさい》ゲームメーカーと言《い》われた鬼道有人《きどうゆうと》に、これが破《やぶ》れるかな」

攻守《こうしゅ》が入《い》れ替《か》わり、ボールは豪炎寺《ごうえんじ》のもとへ。すでに三兄弟《さんきょうだい》も走《はし》り出《だ》していた。

「行《い》くぞ！　今《いま》こそ木戸川清修《きどかわせいしゅう》の真《しん》のチーム力《りょく》を見《み》せる時《とき》だ！」

豪炎寺《ごうえんじ》と武方三兄弟《むかたさんきょうだい》がテンポよくパスをつなぐ。ボールは、人《ひと》の手《て》をかわす魚《さかな》のようにピッチを泳《およ》ぎ、星章学園《せいしょうがくえん》ゴールに迫《せま》った。

相手守備《あいてしゅび》を切《き》り裂《さ》きながら、豪炎寺《ごうえんじ》は過去《かこ》に思《おも》いを馳《は》せた。

「そうだ……俺《おれ》たちははじめから一《ひと》つのチームだったわけじゃない……」

豪炎寺《ごうえんじ》は1年生《ねんせい》の時《とき》から木戸川清修《きどかわせいしゅう》のエースストライカーだった。しかしある時《とき》、サッカーとの決別《けつべつ》を誓《ちか》い、雷門《らいもん》へ転校《てんこう》した。

ところが、のちに伝説《でんせつ》のキャプテンと呼《よ》ばれる円堂守《えんどうまもる》に出会《であ》い、彼《かれ》は再《ふたた》びサッカーに目覚《めざ》めた。そして今《いま》、サッカー強化委員《きょうかいいん》として木戸川清修《きどかわせいしゅう》に戻《もど》ってプレーしている。

豪炎寺《ごうえんじ》が戻《もど》ってきたその日《ひ》、チームメイトから歓迎《かんげい》を受《う》けた一方《いっぽう》、武方三兄弟《むかたさんきょうだい》からは嫉妬《しっと》まじりの挑発《ちょうはつ》を受《う》けた。

「まさかウチに戻《もど》ってくるとは」

「でも、俺《おれ》たちは負《ま》けねーし」

「木戸川《きどかわ》のエースは武方三兄弟《むかたさんきょうだい》、みたいな？」

初日《しょにち》の練習中《れんしゅうちゅう》、豪炎寺《ごうえんじ》は三兄弟《さんきょうだい》から挑戦状《ちょうせんじょう》を叩《たた》きつけられた。

「僕《ぼく》たちとあなた」

「木戸川《きどかわ》のエースはどっちか」

「曖昧《あいまい》にしとくのもなんだから、ここでしっかり決《き》めようじゃん？」

「「「勝負《しょうぶ》だ、豪炎寺《ごうえんじ》！」」」

三兄弟《さんきょうだい》がポーズをそろえて見得《みえ》を切《き》る。

「いいだろう。3対《たい》3のミニゲームでどうだ？」

豪炎寺《ごうえんじ》は挑戦《ちょうせん》を受《う》けた。

「3人《にん》とは俺《おれ》たちに好都合《こうつごう》、みたいな？」

「しかし、俺《おれ》が勝《か》てば話《はなし》は聞《き》いてもらうぞ」

「ふふっ。勝《か》てればな、みたいな？」

勝《まさる》が思《おも》わず、ほくそ笑《え》んだ。

「おまえと、おまえ」

豪炎寺《ごうえんじ》は名前《なまえ》も知《し》らない1年生《ねんせい》を指差《ゆびさ》した。1年生《ねんせい》は名前《なまえ》を告《つ》げた。

「星乃《ほしの》と水戸《みと》か。俺《おれ》のチームに入《はい》ってくれ」


その日《ひ》の夕方《ゆうがた》、星乃円《ほしのまどか》と水戸安登未《みとあとみ》を引《ひ》き連《つ》れた豪炎寺《ごうえんじ》が、武方三兄弟《むかたさんきょうだい》と対峙《たいじ》した。

努《つとむ》がドリブルで仕掛《しか》ける。星乃《ほしの》が体《からだ》を寄《よ》せる。努《つとむ》のスピードが落《お》ちる。

「いいぞ！」と、すかさず豪炎寺《ごうえんじ》が駆《か》け寄《よ》ってボールを奪《うば》った。

「しまった！」「シュートを打《う》たせるな、みたいな！」

三兄弟《さんきょうだい》は中央《ちゅうおう》を固《かた》めた。

だが豪炎寺《ごうえんじ》は、左《ひだり》サイドの水戸《みと》にパス。

努《つとむ》が慌《あわ》てて水戸《みと》を捕《つか》まえに行《い》く。三兄弟《さんきょうだい》がバラバラに広《ひろ》がった。

「豪炎寺《ごうえんじ》さん！」

水戸《みと》は迷《まよ》いなくセンタリング。守備《しゅび》が薄《うす》くなった中央《ちゅうおう》から、豪炎寺《ごうえんじ》が難《なん》なく得点《とくてん》した。

三兄弟《さんきょうだい》も反撃《はんげき》した。

「俺《おれ》が決《き》める」「僕《ぼく》が」「俺《おれ》が」

3人《にん》はそれぞれ必死《ひっし》だった。しかしミニゲームは3―0、豪炎寺組《ごうえんじぐみ》に完敗《かんぱい》した。

「なぜ僕《ぼく》たちが負《ま》けるんだ」

「俺《おれ》たちは完璧《かんぺき》に息《いき》が合《あ》ってるはずなのに」

悔《くや》しがる三兄弟《さんきょうだい》を、豪炎寺《ごうえんじ》が諭《さと》した。

「仲《なか》がいいことと本当《ほんとう》のチームワークとは違《ちが》う。自分《じぶん》がほかの二人《ふたり》より目立《めだ》とうという雑《ざつ》念《ねん》がある限《かぎ》り、おまえたちのプレイは個人《こじん》プレイと同《おな》じだ！」

三兄弟《さんきょうだい》はハッと気《き》がついた。

この時《とき》から、チーム一丸《いちがん》となった現在《げんざい》の木戸川清修《きどかわせいしゅう》スタイルが磨《みが》かれていった。


再《ふたた》び星章学園《せいしょうがくえん》スタジアム。

豪炎寺《ごうえんじ》と三兄弟《さんきょうだい》が、息《いき》を合《あ》わせてボールを運《はこ》ぶ。

「何《なに》やってんだ！　止《と》めろよ役立《やくた》たずどもが！」

灰崎《はいざき》がイラついている。

「役立《やくた》たずはおまえじゃないのか？」と、天野《あまの》が言《い》い返《かえ》した。

「あ？」

「ディフェンス集中《しゅうちゅう》しろ！」

水神矢《みずかみや》が厳《きび》しく言《い》った。豪炎寺《ごうえんじ》たちがもう目《め》の前《まえ》に迫《せま》っていた。

「いくぞ」

豪炎寺《ごうえんじ》は三兄弟《さんきょうだい》に目《め》で合図《あいず》を送《おく》った。

三兄弟《さんきょうだい》は一《いっ》か所《しょ》に固《かた》まって小《ちい》さな三角形《さんかくけい》を作《つく》り、3人同時《にんどうじ》にシュートした。

「トライアングルZ《ゼット》！」

ところがボールはゴールの枠《わく》を捉《とら》えず、高《たか》く上空《じょうくう》へ打《う》ち出《だ》された。

豪炎寺《ごうえんじ》も炎《ほのお》のオーラをまとってジャンプした。三角形《さんかくけい》のオーラが炎《ほのお》に包《つつ》まれ、赤《あか》く巨大《きょだい》な竜巻《たつまき》エネルギーが発生《はっせい》した。

「僕《ぼく》たちのトライアングルZ《ゼット》に」

「豪炎寺《ごうえんじ》のファイアトルネードを加《くわ》えた」

「これぞ最強《さいきょう》のシュートっしょ！」

空中《くうちゅう》で豪炎寺《ごうえんじ》の右足《みぎあし》がボールを捉《とら》えた瞬間《しゅんかん》、4人《にん》が同時《どうじ》に叫《さけ》んだ。

「爆熱《ばくねつ》ストーム！」

強烈《きょうれつ》なシュートが炎《ほのお》の竜巻《たつまき》の中《なか》を突《つ》き進《すす》み、灰崎《はいざき》ごとネットに刺《さ》した。

1―0。木戸川清修《きどかわせいしゅう》が先制《せんせい》！

豪炎寺《ごうえんじ》たちが喜《よろこ》んだ一方《いっぽう》、星章学園《せいしょうがくえん》の佐曽塚《さそつか》や折緒《おりお》は、みじめに倒《たお》れている灰崎《はいざき》を鼻《はな》で笑《わら》っていた。

「クソがぁあああ！」

立《た》ち上《あ》がった灰崎《はいざき》は、怒《いか》りに任《まか》せ鬼道《きどう》をねらってボールを蹴《け》った。危《あぶ》ない、と誰《だれ》もが思《おも》った。が、鬼道《きどう》は涼《すず》しい顔《かお》でトラップし、ボールを足元《あしもと》に置《お》いた。

場内《じょうない》では先制点《せんせいてん》のシーンがリプレイされていた。小僧丸《こぞうまる》、道成《みちなり》、万作《まんさく》の3人《にん》が画面《がめん》に見《み》入《い》った。

「くぅうう〜〜〜！　豪炎寺《ごうえんじ》さん、やっぱすげえ！」

「武方三兄弟《むかたさんきょうだい》もすごかったな。あのシュートは三兄弟《さんきょうだい》の協力《きょうりょく》あってこそだった」

「はぁ!?」

「だな。半分《はんぶん》は武方三兄弟《むかたさんきょうだい》の得点《とくてん》じゃないか？」

「どこ見《み》てんだよ!?　今《いま》のは１００％《パー》豪炎寺《ごうえんじ》さんの得点《とくてん》だろ！」

「小僧丸《こぞうまる》がムキになるなんて珍《めずら》しいな」

道成《みちなり》が首《くび》をひねった。

試合《しあい》が再開《さいかい》されると、またも木戸川清修《きどかわせいしゅう》がチャンスをつくった。

三兄弟《さんきょうだい》が高《たか》くジャンプし、ボールを蹴《け》り上《あ》げながら上昇《じょうしょう》していく。

「トライアングルZ《ゼット》！」

空中《くうちゅう》で放《はな》ったシュートは豪炎寺《ごうえんじ》めがけ一直線《いっちょくせん》に進《すす》む。

「打《う》たせるか！」

本来《ほんらい》はGK《ゴールキーパー》ながら、この日《ひ》はDF《ディフェンダー》で出場《しゅつじょう》している天野《あまの》が、豪炎寺《ごうえんじ》に素早《すばや》く寄《よ》せる。

ところが、豪炎寺《ごうえんじ》は触《さわ》らずスルー。ボールは大《おお》きくカーブし、棒立《ぼうだ》ちの灰崎《はいざき》をすり抜《ぬ》け
ゴールに吸《す》い込《こ》まれた。

早《はや》くも2―0。

灰崎《はいざき》は屈辱《くつじょく》に震《ふる》えていた。勝手《かって》に震《ふる》えていた。

それを鬼道《きどう》が見《み》つめていた。

そこで前半終了《ぜんはんしゅうりょう》の笛《ふえ》が鳴《な》った。

ベンチに戻《もど》った木戸川清修《きどかわせいしゅう》イレブンは、豪炎寺《ごうえんじ》を中心《ちゅうしん》に活発《かっぱつ》に意見《いけん》を交《か》わしている。

対《たい》する星章学園《せいしょうがくえん》は、覇気《はき》もなくバラバラに座《すわ》り込《こ》んでいた。

灰崎《はいざき》はキーパーグローブを地面《じめん》に叩《たた》きつけた。

「何《なに》を考《かんが》えてやがる、鬼道《きどう》！」胸《むな》ぐらをつかみ、ねじり上《あ》げる。「このまま負《ま》ける気《き》か！

今《いま》すぐ俺《おれ》をFW《フォワード》に戻《もど》せ！」

「負《ま》ける気《き》はない。おまえをFW《フォワード》に戻《もど》す気《き》もな」

「ふざけんな！　俺《おれ》はこんなところで負《ま》けるわけにはいかないんだ！」

灰崎《はいざき》の手《て》に一層力《いっそうちから》が入《はい》った。鬼道《きどう》はそれを振《ふ》り払《はら》った。

「俺《おれ》は勝《か》つための手順《てじゅん》を踏《ふ》んでいる」

「あ？」

「おまえをなぜそこに置《お》いているか……。それがわからなければ、おまえがＦＷ《フォワード》に戻《もど》っても豪炎寺《ごうえんじ》には勝《か》てない」

「は？　あんなやつに負《ま》けねえよ！」

「豪炎寺《ごうえんじ》をなめるな！」

クールな鬼道《きどう》が声《こえ》を張《は》った。灰崎《はいざき》がわずかに体《からだ》をすくめた。

「たとえおまえの力《ちから》が豪炎寺《ごうえんじ》を超《こ》えることができたとしても、豪炎寺《ごうえんじ》がつくり出《だ》したチームプレイは強力《きょうりょく》だ。おまえ個人《こじん》と木戸川清修全員《きどかわせいしゅうぜんいん》との戦《たたか》いとなり、星章《せいしょう》はシュートすら打《う》たせてもらえないだろう」

「御託《ごたく》はいい！　俺《おれ》をＦＷ《フォワード》に戻《もど》せばすぐに逆転《ぎゃくてん》してやるよ！」

鬼道《きどう》は無言《むごん》でマントを翻《ひるがえ》した。

「ふざけんじゃねえぞ……」

イラつく灰崎《はいざき》の背中《せなか》を、水神矢《みずかみや》が見《み》つめていた。

星章学園《せいしょうがくえん》は後半《こうはん》も防戦一方《ぼうせんいっぽう》となった。

「鬼道《きどう》！　これ以上《いじょう》てめえのサッカーごっこに付《つ》き合《あ》ってられっかよ！」

我慢《がまん》の限界《げんかい》を超《こ》えた灰崎《はいざき》が、ペナルティーエリアを飛《と》び出《だ》した。武方勝《むかたまさる》を跳《は》ね飛《と》ばしてボールを奪《うば》い、そのままドリブルで前進《ぜんしん》した。

「何《なに》してる、灰崎《はいざき》！」

水神矢《みずかみや》の制止《せいし》も聞《き》かず突《つ》き進《すす》む。それを見《み》て、折緒《おりお》がサポートに入《はい》った。

「灰崎《はいざき》、こっちにボールを渡《わた》せ！」

「うるせえ！　雑魚《ざこ》は引《ひ》っ込《こ》んでろ！　見《み》せてやるよ、俺一人《おれひとり》でも勝《か》てるってことをな！」

灰崎《はいざき》は檻《おり》を逃《に》げ出《だ》した猛獣《もうじゅう》そのものだ。

しかし、パスが眼中《がんちゅう》にない灰崎《はいざき》は簡単《かんたん》に進路《しんろ》を狭《せば》められ、タッチライン際《ぎわ》へ追《お》い込《こ》まれる。気《き》づくと、サイドバックの西垣《にしがき》に間合《まあ》いを詰《つ》められていた。

「スピニングカット！」

西垣《にしがき》は空中《くうちゅう》で連続回《れんぞくまわ》し蹴《げ》りを繰《く》り出《だ》し、その衝撃波《しょうげきは》で灰崎《はいざき》を吹《ふ》き飛《と》ばした。

ボールを奪《うば》った木戸川清修《きどかわせいしゅう》がカウンター攻撃《こうげき》を繰《く》り出《だ》す。豪炎寺《ごうえんじ》が空中《くうちゅう》で体《からだ》をひねる。

「ファイアトルネード！」

灰崎《はいざき》が空《あ》けた星章《せいしょう》ゴールへ一直線《いっちょくせん》。

しかし！

「うぉおおおお！」

豪炎寺《ごうえんじ》の必殺《ひっさつ》シュートを天野《あまの》が胸《むね》で受《う》けた。その体《からだ》を水神矢《みずかみや》、白鳥《しらとり》、八木原《やぎはら》が支《ささ》える。

「星章《せいしょう》ディフェンスの意地《いじ》にかけて、これ以上点《いじょうてん》を取《と》らせてたまるか！」

４人《にん》は吹《ふ》き飛《と》ばされたが、シュートも枠《わく》を逸《そ》れた。

のたうちまわる４人《にん》に、灰崎《はいざき》が悪《わる》びれずに言《い》う。

「あんたたちも鬼道《きどう》に言《い》ってやったらどうだ？　こんなキーパーは願《ねが》い下《さ》げだとな」

水神矢《みずかみや》がよろよろと立《た》ち上《あ》がる。

「おまえはゴールの前《まえ》に立《た》っていても、ＦＷ《フォワード》の気分《きぶん》でいるのか？」

「なんだと？」

「おまえがそこにいるために、キーパーを外《はず》された者《もの》がいる……」

『ファイアトルネード』を胸《むね》に食《く》らった天野《あまの》が苦《くる》しそうにあえいでいる。

水神矢《みずかみや》は灰崎《はいざき》の足元《あしもと》を指差《ゆびさ》した。

「そこにいる時《とき》ぐらい、ゴールをどう守《まも》るのかを考《かんが》えろ」

星章学園《せいしょうがくえん》のピンチは続《つづ》く。相手《あいて》コーナーキックは水神矢《みずかみや》がヘディングで大《おお》きくクリア。

しかし、こぼれ球《だま》は再《ふたた》び木戸川清修《きどかわせいしゅう》。豪炎寺《ごうえんじ》にパスが渡《わた》る。

「来《く》るぞ！」と、水神矢《みずかみや》が身構《みがま》える。

「ゴールをどう守《まも》るか、だと？　俺《おれ》はFW《フォワード》だ。点《てん》を取《と》ることしか知《し》らねえよ」

灰崎《はいざき》はイラついているものの、敵《てき》と味方《みかた》の動《うご》きがよく見《み》えていた。

武方友《むかたとも》、武方勝《むかたまさる》が左右《さゆう》に広《ひろ》がる。それにつられて守備陣《しゅびじん》が間隔《かんかく》を空《あ》けてしまう。

「そいつらは囮《おとり》だろうが……」

そして、見極《みきわ》めた。

灰崎《はいざき》はまたエリアを飛《と》び出《だ》し、一瞬《いっしゅん》マークの緩《ゆる》んだ豪炎寺《ごうえんじ》からボールを奪《うば》い取《と》った。

観客席《かんきゃくせき》では、明日人《あすと》が思《おも》わず身《み》を乗《の》り出《だ》した。野坂《のさか》はフッと口元《くちもと》を緩《ゆる》めた。

「おまえら、どこに目《め》ぇつけてんだよ！　11番《ばん》がガラ空《あ》きじゃねえか！」

灰崎《はいざき》が的確《てきかく》に、味方《みかた》のポジショニングを修正《しゅうせい》し始《はじ》めた。

「ぼさっとすんな！　9番《ばん》がねらってるってわかんねえのかよ！」

水神矢《みずかみや》がハッと気《き》づく。しかし、振《ふ》り向《む》いた先《さき》では武方勝《むかたまさる》がシュート体勢《たいせい》に入《はい》ろうとしていた。

水神矢《みずかみや》は跳《と》んだ。

「ゾーン・オブ・ペンタグラム！」

水神矢《みずかみや》の体《からだ》から球状《きゅうじょう》のオーラが湧《わ》き、武方勝《むかたまさる》をすっぽりと包《つつ》んだ。勝《まさる》は強引《ごういん》にシュートを打《う》ち抜《ぬ》いたが、枠《わく》を外《はず》れた。

一旦《いったん》プレイが途切《とぎ》れた。灰崎《はいざき》は渋々《しぶしぶ》と認《みと》めた。

「これでいいんだろ」

「ようやく気《き》づいたか」

目《め》の前《まえ》に鬼道《きどう》が立《た》っていた。

星章学園《せいしょうがくえん》の選手交代《せんしゅこうたい》が告《つ》げられた。MF《ミッドフィルダー》魚島《うおしま》が退《しりぞ》き、DF《ディフェンダー》古都野《ことの》がピッチへ。玉突《たまつ》きでポジションも移動《いどう》する。DF《ディフェンダー》の天野《あまの》がGK《ゴールキーパー》、そして灰崎《はいざき》がFW《フォワード》に移《うつ》った。

ベンチでは、天野《あまの》がGK《ゴールキーパー》用《よう》の、灰崎《はいざき》がフィールドプレイヤー用《よう》のユニフォームに着替《きが》えた。灰崎《はいざき》がイレブンバンドを見《み》た。

「残《のこ》り10分《ぷん》で2点差《てんさ》か」

鬼道《きどう》が近《ちか》づいてくる。

「ここからひっくり返《かえ》すぞ。やれるな？」

「ああ、受《う》けて立《た》ってやるよ」

観客席《かんきゃくせき》で、野坂《のさか》がつぶやいた。

「キーパーの位置《いち》からは、味方《みかた》と敵《てき》の動《うご》きが手《て》に取《と》るようにわかる」

「守《まも》りの立場《たちば》から敵《てき》の連続攻撃《れんぞくこうげき》パターンを見《み》れば、前線《ぜんせん》において有効《ゆうこう》な攻撃《こうげき》ルートがどこにあるかも自《おの》ずと見《み》えてきますからね」と、西蔭《にしかげ》が応《こた》えた。

野坂《のさか》は大切《たいせつ》そうに言《い》った。

「ゴールという目標《もくひょう》の下《もと》で、11人《にん》が一《ひと》つの生《い》き物《もの》のようにつながり合《あ》う、それが『連携《れんけい》』だ」

一方《いっぽう》、別《べつ》の観客席《かんきゃくせき》では、明日人《あすと》が目《め》を輝《かがや》かせていた。

「灰崎《はいざき》なら、ここから何《なに》かをやるよ！」

着替《きが》えを済《す》ませた灰崎《はいざき》が、前線《ぜんせん》のポジションについた。

「鬼道《きどう》、おまえはあの光景《こうけい》を見《み》せるために、俺《おれ》をキーパーにしたんだな？」

「そうだ。シュートの打《う》ち合《あ》いを豪炎寺《ごうえんじ》とやったとしても、チーム連携《れんけい》で攻《せ》めてくる木戸《きど》川清修《かわせいしゅう》には勝《か》てない」

天野《あまの》のゴールキックで、試合《しあい》が再開《さいかい》された。

鬼道《きどう》がボールを収《おさ》め、ドリブルで運《はこ》ぶ。並《なら》んで走《はし》る灰崎《はいざき》に言《い》う。

「やつらを討《う》つには、おまえが真《しん》のエースストライカーとして機能《きのう》する必要《ひつよう》があった」

「なんだと？」

豪炎寺《ごうえんじ》と武方三兄弟《むかたさんきょうだい》が、ボールを奪《うば》いに近《ちか》づいてきた。

「ただ突《つ》っ走《ぱし》るだけのストライカーではなく……チーム全員《ぜんいん》の信頼《しんらい》を受《う》け、思《おも》いのつながったボールを受《う》け取《と》ることができる——それが、真《しん》のエースストライカーだ」

鬼道《きどう》がパスを出《だ》す。

「ふん、そんなプレイは向《む》いてねえよ」

灰崎《はいざき》はワンツーで鬼道《きどう》に返《かえ》す。

「灰崎《はいざき》、おまえの闇《やみ》はわかっている。だが俺《おれ》は、おまえが何《なん》のためにサッカーをやっていようと関係《かんけい》ない」

鬼道《きどう》がさらに返《かえ》す。

灰崎《はいざき》はボールを足元《あしもと》に置《お》いて顔《かお》を上《あ》げる。フィールド全体《ぜんたい》が目《め》に入《はい》る。相手《あいて》が必死《ひっし》で体《からだ》を寄《よ》せてくる。灰崎《はいざき》はそれを十分《じゅうぶん》に引《ひ》きつけてから、佐曽塚《さそつか》にパスを出《だ》した。

「ゴールの引《ひ》き立《た》て役《やく》ぐらいにはしてやるよ、凡人《ぼんじん》ども」

自陣《じじん》では白鳥《しらとり》が驚《おどろ》きの声《こえ》を上《あ》げた。

「キャプテン……灰崎《はいざき》が……」

水神矢《みずかみや》は胸《むね》の高鳴《たかな》りを感《かん》じた。

「ここから、とんでもないものが見《み》られるかもな……」

木戸川清修《きどかわせいしゅう》も、すぐに布陣《ふじん》を立《た》て直《なお》した。

豪炎寺《ごうえんじ》が叫《さけ》んだ。

「連携《れんけい》を崩《くず》すな！　灰崎《はいざき》をマークして動《うご》きを止《と》めるぞ！」

灰崎《はいざき》が突進《とっしん》する。

巨漢《きょかん》のセンターバック陣《じん》がゴール前《まえ》を固《かた》める。

灰崎《はいざき》は不敵《ふてき》に笑《わら》う。

ゴール前《まえ》に、さらに厚《あつ》い壁《かべ》ができる。

鬼道《きどう》が叫《さけ》んだ。

「さあ見《み》せてみろ、灰崎《はいざき》！　おまえの最高《さいこう》のサッカーを！」

第《だい》7章《しょう》 見《み》え始《はじ》める光《ひかり》

「ククク……のってきたぜ！」

灰崎《はいざき》は野獣《やじゅう》の目《め》で笑《わら》っていた。

ポジション変更《へんこう》を告《つ》げた時《とき》、鬼道《きどう》は言《い》っていた。

「おまえが何《なん》のためにサッカーをやっていようと関係《かんけい》ない。俺《おれ》が求《もと》めるのは、最高《さいこう》のサッカーだ」

それに対《たい》して、灰崎《はいざき》は思《おも》った。

「俺《おれ》だって、おまえなんざ関係《かんけい》ねえ。俺《おれ》が求《もと》めてんのは、敵《てき》をぶっ倒《たお》すサッカーだ」

キッと視線《しせん》に力《ちから》が入《はい》る。

「復讐《ふくしゅう》のためにな！」

ドリブルで相手《あいて》に向《む》かっていく。『フィールドの悪魔《あくま》』の称号《しょうごう》にふさわしく、灰崎《はいざき》は厳《きび》しいマークを次々《つぎつぎ》にかわしてゴールへ迫《せま》る。個人能力《こじんのうりょく》の違《ちが》いは明《あき》らかだ。ボールは灰崎《はいざき》一人《ひとり》のもので、敵味方《てきみかた》の21人《にん》は誰《だれ》も触《さわ》れやしない。

木戸川清修《きどかわせいしゅう》は、固《かた》い連携《れんけい》で灰崎《はいざき》の襲撃《しゅうげき》に備《そな》えていた。ドリブルの進路《しんろ》には頑丈《がんじょう》な防御体《ぼうぎょたい》制《せい》が敷《し》かれ、背後《はいご》をねらう鬼道《きどう》には大型《おおがた》センターバックの黒部立樹《くろべりつき》が密着《みっちゃく》していた。

灰崎《はいざき》はスピードを緩《ゆる》めることなく、目《め》だけを動《うご》かし状況《じょうきょう》を観察《かんさつ》した。そして鋭《するど》く左足《ひだりあし》を振《ふ》り抜《ぬ》いた。

ボールは、ゴールの枠《わく》を大《おお》きく外《はず》れた。

……いや、パスだ！　灰崎《はいざき》は見抜《みぬ》いていた。右《みぎ》サイドのマークが薄《うす》い！

驚《おどろ》いたのは折緒《おりお》だ。灰崎《はいざき》からパスが来《く》るとは！

正確《せいかく》にボールを収《おさ》めて顔《かお》を上《あ》げる。目《め》の前《まえ》にはＧＫ《ゴールキーパー》しかいない！

折緒《おりお》がボールを浮《う》かせて高《たか》くジャンプ。空中《くうちゅう》でボールを股《もも》に挟《はさ》み、体《からだ》をひねった。

「スペクトルマグナ！」

強烈《きょうれつ》な横回転《よこかいてん》の加《くわ》わったシュートが、光《ひかり》の塊《かたまり》とともにネットを突《つ》き刺《さ》した。

「つしゃぁ！」

折緒《おりお》が大《おお》きくガッツポーズし、佐曽塚《さそつか》と頭上《ずじょう》で手《て》を合《あ》わせる。

大型《おおがた》スクリーンの表示《ひょうじ》は1―2に変《か》わった。

喜《よろこ》び合《あ》う二人《ふたり》は同《おな》じ方向《ほうこう》を向《む》く。その視線《しせん》の先《さき》には、ゴールに背《せ》を向《む》けてさっさと自陣《じじん》に戻《もど》る11番《ばん》のユニフォームがあった。

「灰崎《はいざき》、あいつ……」

佐曽塚《さそつか》はその背中《せなか》を頼《たの》もしく感《かん》じた。

「灰崎《はいざき》、なんか今《いま》までと違《ちが》う！」

一連《いちれん》のプレイを目《め》にした明日人《あすと》も、胸《むね》をときめかせた。

野坂《のさか》はもっと大《おお》きな流《なが》れを見通《みとお》し、「始《はじ》まったね」と一言《ひとこと》だけ言《い》った。

「灰崎《はいざき》に新《あら》たな道《みち》を示《しめ》したということか。ピッチの絶対指導者《ぜったいしどうしゃ》、その名《な》のとおりだな」

豪炎寺《ごうえんじ》は鬼道《きどう》の手腕《しゅわん》に感心《かんしん》していた。

「すべては……ここからだ」

鬼道《きどう》は、自分《じぶん》の賭《か》けが正《ただ》しかったと確信《かくしん》した。

灰崎《はいざき》が、「復讐《ふくしゅう》」に囚《とら》われた闇《やみ》から、ついに這《は》い出《だ》そうとしていた。

試合時間《しあいじかん》は残《のこ》り7分《ふん》。1点差《てんさ》に迫《せま》られた木戸川清修《きどかわせいしゅう》は再《ふたた》び突《つ》き離《はな》しにかかる。そのテンポ良《よ》いパスアタックに、星章学園《せいしょうがくえん》の組織《そしき》は崩《くず》れかかっていた。

「9番《ばん》ガラ空《あ》きだ！」

灰崎《はいざき》の指示《しじ》だ。刻々《こっこく》と変化《へんか》するピッチ全体《ぜんたい》の状況《じょうきょう》を捉《とら》え、矢継《やつ》ぎ早《ばや》に味方《みかた》のポジショニングを修正《しゅうせい》していく。

「おいトゲトゲ！　トンガリにつけ！」

「任《まか》せトゲ！」

トゲトゲ頭《あたま》の佐曽塚《さそつか》が、〝トンガリ〟モヒカン頭《あたま》の武方努《むかたつとむ》からボールを奪《うば》った。

「なにっ⁉」

「つし！」

星章学園《せいしょうがくえん》が、木戸川清修《きどかわせいしゅう》のパスワークを断《た》ち切《き》った！

攻守《こうしゅ》がたちまち入《い》れ替《か》わる。

ところが、佐曽塚《さそつか》は足元《あしもと》に衝撃《しょうげき》を食《く》らい、体《からだ》が一瞬《いっしゅん》、宙《ちゅう》に浮《う》いた。

気《き》づくと、豪炎寺《ごうえんじ》のスライディングにボールを刈《か》り取《と》られていた。

またも攻守《こうしゅ》が入《い》れ替《か》わり、木戸川清修《きどかわせいしゅう》のチャンス。

GK《ゴールキーパー》と1対《たい》1になった豪炎寺《ごうえんじ》が地面《じめん》を強《つよ》く蹴《け》った。

「ファイアトルネード！」

強烈《きょうれつ》なシュートは、星章学園《せいしょうがくえん》のGK《ゴールキーパー》天野《あまの》を吹《ふ》っ飛《と》ばした。

「よっしゃ本気《ほんき》キタ――――！」

観客席《かんきゃくせき》で小僧丸《こぞうまる》がはしゃぐ。

これで3―1。

イレブンバンドの示《しめ》す残《のこ》り時間《じかん》は5分《ふん》を切《き》っていた。

「あと3点《てん》取《と》らなきゃだなんて……」

早乙女《さおとめ》が膝《ひざ》に手《て》をついてうなだれていた。

「ざけんな！　ちゃんと目《め》ぇ開《あ》けてみろ。見《み》えてくるぜ、勝利《しょうり》への道《みち》が」

灰崎《はいざき》が気合《きあい》を入《い》れた。

「行《い》くぞてめえら！」

試合再開《しあいさいかい》。鬼道《きどう》がドリブルで持《も》ち上《あ》がり、左《ひだり》にノールックパス。早乙女《さおとめ》、灰崎《はいざき》とワンタッチでつなぎ、走《はし》り込《こ》んだ早乙女《さおとめ》がもらい直《なお》す。早乙女《さおとめ》は、相手《あいて》センターバックの黒部《くろべ》に突《つ》っ込《こ》んでいく。

「イケんだろ！」

灰崎《はいざき》が檄《げき》を飛《と》ばした。

早乙女《さおとめ》は足《あし》を止《と》め、息《いき》を吸《す》い込《こ》む。ふんわりとしたオーラが発生《はっせい》し、周囲《しゅうい》を闇《やみ》が包《つつ》む。ディフェンスしていた黒部《くろべ》が、広《ひろ》がる暗《くら》がりの中《なか》で戸惑《とまど》っていた。すると頭上《ずじょう》に光《ひかり》が射《さ》した。見上《みあ》げると、白《しろ》い翼《つばさ》を広《ひろ》げた早乙女《さおとめ》が微笑《ほほえ》んでいた。

「エンジェルレイ！」

今度《こんど》は眩《まばゆ》い光《ひかり》が黒部《くろべ》の目《め》を直撃《ちょくげき》した。一瞬《いっしゅん》、相手《あいて》を見失《みうしな》う。その間《あいだ》に早乙女《さおとめ》が抜《ぬ》け出《だ》し、悠々《ゆうゆう》とシュートを決《き》めた。

取《と》られたら取《と》り返《かえ》す。2―3。これで再《ふたた》び1点差《てんさ》！

「灰崎《はいざき》くんが連携《れんけい》を意識《いしき》することで、チーム全体《ぜんたい》の力《ちから》が引《ひ》き出《だ》されている」

スタンドから見《み》つめる野坂《のさか》が言《い》った。「うまくいってるじゃない、彼《かれ》らの思惑《おもわく》どおり」

木戸川清修《きどかわせいしゅう》の二階堂修吾監督《にかいどうしゅうごかんとく》も、ようやく星章学園《せいしょうがくえん》の戦略《せんりゃく》に気《き》づき、焦《あせ》った。その気持《きも》ちが声《こえ》になった。「最初《さいしょ》からこれをねらっていたというのか！」


なおも星章学園《せいしょうがくえん》が攻《せ》め立《た》てる。

白鳥《しらとり》と水神矢《みずかみや》が連動《れんどう》してボールを奪《うば》う。水神矢《みずかみや》から古都野《ことの》、折緒《おりお》、佐曽塚《さそつか》、双子玉川《ふたごたまがわ》、早乙女《さおとめ》、鬼道《きどう》、再《ふたた》び、佐曽塚《さそつか》。目《め》まぐるしくボールが行《い》き来《き》する。

チーム全員《ぜんいん》が思《おも》いを託《たく》したラストパスが、灰崎《はいざき》のもとへ！

「行《い》くぞおっ！」

灰崎《はいざき》が叫《さけ》び、空中《くうちゅう》で指笛《ゆびぶえ》を鳴《な》らす。

「オーバーヘッドペンギン！」

6羽《わ》のペンギンが現《あらわ》れ、ボールとともに低空飛行《ていくうひこう》で突《つ》き進《すす》む。木戸川清修《きどかわせいしゅう》は体《からだ》を張《は》って抵抗《ていこう》を試《こころ》みたが、ボールはDF《ディフェンダー》たちの間《あいだ》をすり抜《ぬ》け、ゴールを貫《つらぬ》いた。

3—3。灰崎《はいざき》の必殺技《ひっさつわざ》が決《き》まった。

同点《どうてん》！　ついに同点《どうてん》！

星章学園《せいしょうがくえん》が追《お》いついた。

さあ、アディショナルタイムは残《のこ》り1分《ぷん》。まだ一波乱《ひとはらん》ありそうな展開《てんかい》。先《さき》にチャンスをつかんだのは木戸川清修《きどかわせいしゅう》だ。

「今《いま》こそ決《き》める時《とき》！」と武方友《むかたとも》。

「ファイアトルネードを超《こ》える俺《おれ》たちの必殺技《ひっさつわざ》！」と武方努《むかたつとむ》。

そして武方勝《むかたまさる》が全力《ぜんりょく》で叫《さけ》ぶ。

「食《く》らえ、バックトルネード！」

渦《うず》を巻《ま》く青《あお》い炎《ほのお》とともに、必殺《ひっさつ》シュートが星章学園《せいしょうがくえん》ゴールに迫《せま》る。灰崎《はいざき》が叫《さけ》ぶ。

「止《と》めろ、もじゃーっ！」

天野《あまの》が拳《こぶし》を振《ふ》った。

「もじゃキャーッチ！」

叫《さけ》びとともに、天野《あまの》のグローブにもじゃもじゃと毛《け》が生《は》え、一《ひと》つの巨大《きょだい》な毛玉《けだま》になった。

炎《ほのお》をまとったボールは、毛玉《けだま》によって徐々《じょじょ》に勢《いきお》いを失《うしな》い、天野《あまの》の右手《みぎて》に収《おさ》まった。

決定的《けっていてき》な場面《ばめん》を防《ふせ》いだ天野《あまの》は、すぐさまロングキックで前線《ぜんせん》へ。

「行《い》っけーっ！」

あとは攻撃陣《こうげきじん》を信《しん》じるのみだ。

ボールは鬼道《きどう》から灰崎《はいざき》へ。さらにつないで、双子玉川《ふたごたまがわ》がドリブルで持《も》ち上《あ》がる。

灰崎《はいざき》は最前線《さいぜんせん》へ。そして早乙女《さおとめ》と折緒《おりお》、鬼道《きどう》と佐曽塚《さそつか》もボールを追《お》い越《こ》していく。

しかし、もう時間《じかん》がない。

「間《ま》に合《あ》わねえ！」

双子玉川《ふたごたまがわ》が手詰《てづ》まりだと感《かん》じたその瞬間《しゅんかん》、灰崎《はいざき》の目《め》が動《うご》いた。

「そこか！」

灰崎《はいざき》はスペースを見《み》つけ、右《みぎ》サイドに流《なが》れた。パスが来《く》る。

しかし、パスコースに誰《だれ》かが割《わ》り込《こ》んできた。

豪炎寺《ごうえんじ》だ。

「もらった！」

豪炎寺《ごうえんじ》は確信《かくしん》した。

が、信《しん》じられないことに、彼《かれ》の耳《みみ》にマントのはためく音《おと》が聞《き》こえた。

豪炎寺《ごうえんじ》のほんのわずか手前《てまえ》に、スパイクがねじ込《こ》まれた。

鬼道《きどう》だ。

ボールを足元《あしもと》に止《と》めず、ダイレクトで折《お》り返《かえ》した。しかし味方《みかた》には合《あ》わない。灰崎《はいざき》の遥《はる》か遠《とお》くで、タッチラインに向《む》かってボールが流《なが》れていく。

「そんなっ！」「鬼道《きどう》さんがミスだと⁉」

ラインを割《わ》ったら、その瞬間《しゅんかん》にタイムアップの笛《ふえ》が鳴《な》る。

「イケる！」

鬼道《きどう》はあきらめていない。そして灰崎《はいざき》も。

「ククッ！　楽《たの》しませてくれんじゃねえか！」

灰崎《はいざき》は足《あし》を地面《じめん》に叩《たた》きつけ、グンと加速《かそく》した。

追《お》いつけるか？

「灰崎《はいざき》！」

「イケる！」

「届《とど》け！」

祈《いの》るチームメイトには、その光景《こうけい》がスローモーションのように見《み》えた。

恐《おそ》るべきスピードでボールを追《お》った灰崎《はいざき》が、スライディングで足《あし》を伸《の》ばす。ラインギリギリでボールを残《のこ》した。

鬼道《きどう》のキックはミスではなかった。灰崎《はいざき》なら追《お》いつけると計算《けいさん》した、絶妙《ぜつみょう》のパスだった。

灰崎《はいざき》が素早《すばや》く体《からだ》を起《お》こす。折緒《おりお》と佐曽塚《さそつか》は、灰崎《はいざき》を信《しん》じて再《ふたた》び走《はし》り出《だ》していた。

灰崎《はいざき》が宣告《せんこく》する。

「デスゾーン開始《かいし》」

3人《にん》は宙《ちゅう》を舞《ま》い、三角形《さんかくけい》のオーラをボールに授《さず》け、シュートを打《う》ち下《お》ろす。

GK《ゴールキーパー》は地面《じめん》に叩《たた》きつけられ、ボールはラインを越《こ》えた。

逆転《ぎゃくてん》！　4―3！　なんと星章学園《せいしょうがくえん》が試合《しあい》をひっくり返《かえ》した！

そこで試合《しあい》が終了《しゅうりょう》した。灰崎《はいざき》を信《しん》じたイレブンと、イレブンを信《しん》じた灰崎《はいざき》が、ともにつかんだ奇跡《きせき》の勝利《しょうり》だ。

「灰崎《はいざき》、やったな」折緒《おりお》と佐曽塚《さそつか》が駆《か》け寄《よ》る。

「ああ」灰崎《はいざき》は素《そ》っ気《け》ないが、純粋《じゅんすい》な勝利《しょうり》の喜《よろこ》びを、生《う》まれて初《はじ》めて味《あじ》わっている。

それを見《み》て、鬼道《きどう》は思《おも》う。

「灰崎《はいざき》、やっとなれたか、星章学園《せいしょうがくえん》の真《しん》のエースストライカーに。これがおまえが闇《やみ》から抜《ぬ》け出《だ》す第一歩《だいいっぽ》となるだろう」

「この試合《しあい》のMVP《エムブイピー》は、星章学園《せいしょうがくえん》、灰崎凌兵《はいざきりょうへい》！」

大音量《だいおんりょう》のアナウンスに、観客《かんきゃく》の感情《かんじょう》も弾《はじ》け出《だ》す。

当《とう》の灰崎《はいざき》は、個人表彰《こじんひょうしょう》を誇《ほこ》ることも、客席《きゃくせき》に手《て》を振《ふ》ることもなく、淡々《たんたん》とピッチを後《あと》にした。その背中《せなか》を、二人《ふたり》のレジェンドが見送《みおく》る。

「灰崎凌兵《はいざきりょうへい》か……。面白《おもしろ》くなってきたな」

歩《あゆ》み寄《よ》ったのは豪炎寺《ごうえんじ》だ。

「いい試合《しあい》だった」と鬼道《きどう》が讃《たた》える。

「ああ」と、豪炎寺《ごうえんじ》が応《こた》えた。

二人《ふたり》は微笑《ほほえ》み合《あ》い、握手《あくしゅ》で別《わか》れた。

観客席《かんきゃくせき》では王帝月《おうていつき》ノ宮《みや》の二人《ふたり》が話《はな》していた。

「チームプレイを考《かんが》えるようになる灰崎《はいざき》は、やっかいな相手《あいて》となりますね」

「ああ。だけど、灰崎《はいざき》くんの持《も》ち味《あじ》は仲間《なかま》と連携《れんけい》する戦術《せんじゅつ》プレイじゃない……。灰崎《はいざき》くんを本当《ほんとう》に怖《こわ》いプレイヤーに変《か》える要因《よういん》は別《べつ》のところにある……。そんな気《き》がするんだ」

「それは？」

「はは、いいよ。僕《ぼく》の勝手《かって》な妄想《もうそう》さ」と、野坂《のさか》は腰《こし》を上《あ》げた。

スタジアム内《ない》の静《しず》かな通路《つうろ》に、カチャカチャとスパイクの音《おと》が響《ひび》く。

「あっ、灰崎《はいざき》！」

背後《はいご》から明日人《あすと》が声《こえ》をかける。

「やっぱり試合《しあい》出《で》たんだな」

灰崎《はいざき》は足《あし》を止《と》めた。

「……誰《だれ》だ、おまえ？」

「えっ⁉」

「はっ、へなちょこ中《ちゅう》だろ、知《し》ってるよ」

「だからへなちょこじゃないって！」

「じゃあな」と、灰崎《はいざき》は歩《ある》き去《さ》ろうとした。明日人《あすと》はついていって伝《つた》えた。

「やっぱすっげーアツくなれた、灰崎《はいざき》のプレイ見《み》てたら。前《まえ》よりアツかったよな！」

灰崎《はいざき》は構《かま》わず歩《ある》き続《つづ》けた。

「なあ、灰崎《はいざき》は……」

明日人《あすと》は少《すこ》し言《い》いよどんでから、思《おも》い切《き》って聞《き》いた。

「復讐《ふくしゅう》のためにサッカーしてるのか？」

「おまえには関係《かんけい》ない」

否定《ひてい》しないことに、明日人《あすと》は軽《かる》く驚《おどろ》く。

「灰崎《はいざき》、サッカーは復讐《ふくしゅう》の道具《どうぐ》じゃない！」

「うるせえ！　どんな理由《りゆう》でサッカーをしてようと、俺《おれ》は強《つよ》い。重要《じゅうよう》なのはそれだけだ」

明日人《あすと》には、もう返《かえ》す言葉《ことば》がなかった。

灰崎《はいざき》はロッカールームに入《はい》った。ライセンスカードを取《と》り出《だ》し、ロッカーの扉《とびら》に手《て》を伸《の》ばした。

「よかったぞ、今日《きょう》のプレイ」

人《ひと》がいるとは気《き》づかなかった。灰崎《はいざき》は手《て》を止《と》め、声《こえ》のほうに向《む》き直《なお》る。水神矢《みずかみや》が立《た》っていた。灰崎《はいざき》は無視《むし》してロッカーに顔《かお》を突《つ》っ込《こ》んだ。

「……灰崎《はいざき》、おまえ何背負《なにせお》ってる？」

「あ？」

「何《なに》かあるなら話《はな》せ」

「あんたに言《い》う必要《ひつよう》はない。だいたい何《なに》もねえよ、別《べつ》に」

相変《あいか》わらず生意気《なまいき》だ。それでも水神矢《みずかみや》は穏《おだ》やかに灰崎《はいざき》を見《み》つめる。

「わからないことばかりだな、おまえは」

「……」

「だが一《ひと》つだけ言《い》えることがある。今日《きょう》のおまえは、確《たし》かにサッカーを楽《たの》しんでいた」

灰崎《はいざき》の表情《ひょうじょう》が、かすかに揺《ゆ》れた。


その夕方《ゆうがた》、灰崎《はいざき》は茜《あかね》の病室《びょうしつ》を訪《たず》ねた。

茜《あかね》はベッドの上《うえ》にぺたんと座《すわ》っている。「よお」と声《こえ》をかけても、反応《はんのう》がない。

「飾《かざ》っててくれてるんだな」

サイドテーブルには、昨日《きのう》置《お》いていったクマのぬいぐるみがあった。

「名前《なまえ》とかつけたか？」

「……」

灰崎《はいざき》が窓辺《まどべ》に寄《よ》り、レースのカーテンを開《あ》けた。夕日《ゆうひ》が部屋《へや》の中《なか》を照《て》らす。

「たとえば……クマゾウっていうのはどうだ？」

期待《きたい》して振《ふ》り向《む》いたが、茜《あかね》に感情《かんじょう》は戻《もど》っていない。

押《お》し寄《よ》せる無力感《むりょくかん》を、灰崎《はいざき》は懸命《けんめい》に押《お》し返《かえ》して言《い》う。

「待《ま》っていろ。俺《おれ》はサッカーでおまえの復讐《ふくしゅう》をしてやる」

「……」

「だが……それが終《お》わったら……」

灰崎《はいざき》は優《やさ》しく目《め》を閉《と》じた。今度《こんど》は茜《あかね》にではなく、自分《じぶん》に言《い》った。

「ゆっくりサッカーをやるのもいいかもな」

灰崎《はいざき》は病室《びょうしつ》を出《で》た。

廊下《ろうか》を歩《ある》く。角《かど》を曲《ま》がり、フロアから見《み》えなくなった。

すると同時《どうじ》に、別《べつ》の曲《ま》がり角《かど》から誰《だれ》かがやってきた。

その人物《じんぶつ》は、まっすぐ茜《あかね》の病室《びょうしつ》へ向《む》かった。

「茜《あかね》ちゃん」

茜《あかね》は振《ふ》り向《む》いた。そして口元《くちもと》がほころんだ。

「お見舞《みま》いに来《き》たよ」

と、野坂《のさか》が優《やさ》しく微笑《ほほえ》んでいた。

「あれ、これどうしたの？」

野坂《のさか》はクマのぬいぐるみを、ひょいと持《も》ち上《あ》げた。

「茜《あかね》ちゃん、クマなんてもう好《す》きじゃないのにね。こっちでしょ？」

花束《はなたば》を差《さ》し出《だ》す。茜《あかね》は受《う》け取《と》り、自分《じぶん》の胸《むね》に引《ひ》き寄《よ》せた。

「今日《きょう》さ、試合見《しあいみ》て来《き》たんだ……」

野坂《のさか》がベッドに腰《こし》かけ、茜《あかね》と並《なら》んで話《はな》し始《はじ》めた。

無造作《むぞうさ》に置《お》き直《なお》したクマゾウが、テーブル下《した》のゴミ箱《ばこ》に落《お》ちた。

次《つぎ》の日《ひ》。今度《こんど》は雷門《らいもん》の試合《しあい》だ。マネージャーの杏奈《あんな》が慌《あわ》てて部室《ぶしつ》に駆《か》け込《こ》んできた。

「ごめんなさい、試合《しあい》ギリギリになってしまって……」

「ああっ、杏奈《あんな》ちゃーん！」

もう一人《ひとり》のマネージャー、大谷《おおたに》つくしが杏奈《あんな》に飛《と》びつく。

「おかえりーっ！　うえーん、大変《たいへん》だったんだよー！」

「ちょっ、どうしたんですか？」

杏奈《あんな》は3日間《かかん》、父親《ちちおや》との旅行《りょこう》に出《で》かけていたので、その間《あいだ》の出来事《できごと》は何《なに》も知《し》らない。

「一言《ひとこと》では言《い》えないの……」つくしは目《め》に涙《なみだ》を浮《う》かべている。

離《はな》れたところでは、イレブンが頭《あたま》を抱《かか》えていた。

「もう試合始《しあいはじ》まっちゃうのに」と明日人《あすと》。

「笑《わら》えないですよ、はっきり言《い》って」と日和《ひより》。

奥入《おくいり》はメガネをクイッと上《あ》げて言《い》う。

「あの監督《かんとく》、うすうす怪《あや》しいとは思《おも》っていたんですよ」

「いや、完全《かんぜん》に怪《あや》しかっただろ」と、小僧丸《こぞうまる》がツッコむ。

「監督《かんとく》がどうかしたんですか?」

杏奈《あんな》が、つくしに聞《き》いた。

「そうなんです、監督《かんとく》は……」

「監督《かんとく》は?」

「捕《つか》まりました」

「ええ——っ!?」

第《だい》8章《しょう》　監督《かんとく》のいない日《ひ》

「3日前《かまえ》のことなんですけどねっ」

つくしが語《かた》り始《はじ》めた。杏奈《あんな》は耳《みみ》を傾《かたむ》けた。

3日前《かまえ》。雷門《らいもん》イレブンは部室《ぶしつ》に集《あつ》まり、次《つぎ》の試合《しあい》に向《む》けてミーティングを行《おこな》っていた。

「相手《あいて》は、データに基《もと》づく作戦《さくせん》においては右《みぎ》に出《で》る者《もの》なしの御影専農《みかげせんのう》です」

趙監督《ちょうかんとく》が話《はな》すのに合《あ》わせて、スクリーンには御影専農《みかげせんのう》のエンブレムと選手《せんしゅ》リストが映《うつ》し出《だ》された。亀田《かめた》コーチが補足《ほそく》する。

「イレブンバンドなどの最先端《さいせんたん》のツールを使《つか》いこなして戦《たたか》うチームだ」

「ここで問題《もんだい》」と趙監督《ちょうかんとく》。

「あなたたちに間《ま》もなく、新《あら》たな試練《しれん》が訪《おとず》れます。さて、それは一体何《いったいなん》でしょう？」

「またそれかよ」小僧丸《こぞうまる》があきれて言《い》った。

その時《とき》だった。バン！　とドアが開《ひら》くと、黒《くろ》いスーツに身《み》を固《かた》めた男《おとこ》たちが部室《ぶしつ》に入《はい》ってきた。その数《かず》6人《にん》。男《おとこ》たちはまっすぐ趙監督《ちょうかんとく》ににじり寄《よ》った。

「趙金雲《ちょうきんうん》だな？」

「いかにもそうですが」

男《おとこ》の一人《ひとり》がピラッと一枚《いちまい》の紙《かみ》をかざす。

「不正《ふせい》アクセス容疑《ようぎ》で逮捕《たいほ》する」

ガチャリ、と別《べつ》の男《おとこ》が手錠《てじょう》をかけた。

「えっ？」「おい！」「えええ――っ！」「マジかよ!?」イレブンが同時《どうじ》に驚《おどろ》く。

刑事《けいじ》たちは手際《てぎわ》よく、あっという間《ま》に趙監督《ちょうかんとく》の身柄《みがら》を確保《かくほ》した。

「どういうことですかな？」

両脇《りょうわき》を抱《かか》えられながらも、趙監督《ちょうかんとく》が抵抗《ていこう》する。

だが激《はげ》しくうろたえることはなく、表情《ひょうじょう》にはうっすら余裕《よゆう》さえ見《み》えた。

「監督《かんとく》！」明日人《あすと》が叫《さけ》ぶ。

「何《なに》かの間違《まちが》いです。すぐ戻《もど》りますよ」

趙監督《ちょうかんとく》は、そう言《い》い残《のこ》して連行《れんこう》されていった。

一同《いちどう》が呆然《ぼうぜん》と立《た》ち尽《つ》くす中《なか》、服部《はっとり》が言《い》った。

「新《あたら》しい試練《しれん》、自分《じぶん》に訪《おとず》れちゃってるーっ！」


「監督《かんとく》が自分《じぶん》のパソコンから国《くに》の機密情報《きみつじょうほう》に不正《ふせい》アクセスしてたみたいで……」

つくしの声《こえ》は震《ふる》えている。

「そんなことしてたの？」

杏奈《あんな》は信《しん》じられない。

「つまりはスパイですね。監督《かんとく》をしながらいろいろ探《さぐ》ってたんですよ」

奥入《おくいり》はため息混《いきま》じりで言《い》った。

つくしが時計《とけい》を見《み》た。

「もうすぐキックオフです。監督《かんとく》は戻《もど》れそうにないですね……」

その頃《ころ》、趙監督《ちょうかんとく》は留置場《りゅうちじょう》の廊下《ろうか》を歩《ある》かされていた。かなりふてくされている。警官《けいかん》の一人《ひとり》が留置部屋《りゅうちべや》の扉《とびら》に手《て》をかけた。

「取《と》り調《しら》べの間《あいだ》はここにいてもらう」

「いやだと言《い》ったら？」

趙監督《ちょうかんとく》の目《め》が鋭《するど》く光《ひか》った。警官《けいかん》たちが一瞬《いっしゅん》たじろぐ。趙監督《ちょうかんとく》は後《うし》ろ手《で》のまま、扉《とびら》の鉄格《てつごう》子《し》に足《あし》をかける。図体《ずうたい》からは予想《よそう》もつかない機敏《きびん》な動《うご》き。扉《とびら》を蹴《け》り上《あ》がり、警官《けいかん》の頭上《ずじょう》でバック宙《ちゅう》して手《て》を振《ふ》りほどいた。

脱走《だっそう》？

「なーんて。ほーっほほほ」

「お、大人《おとな》しくしてろっ！」

警官《けいかん》たちは背後《はいご》を取《と》られた屈辱《くつじょく》と恐怖《きょうふ》に打《う》ち震《ふる》えながら、このクンフーアクションスターもどきをどうにか放《ほう》り込《こ》み、ガシャンと扉《とびら》を閉《し》めた。

趙監督《ちょうかんとく》は、冷《つめ》たい檻《おり》の中《なか》で一人《ひとり》になると、一層不気味《いっそうぶきみ》に笑《わら》った。そしてチャイナ服《ふく》の袖《そで》をまさぐり、ついさっき警官《けいかん》の尻《しり》ポケットから盗《ぬす》み出《だ》したスマホを取《と》り出《だ》した。

雷門《らいもん》イレブンは、選手入場《せんしゅにゅうじょう》ゲートに向《む》かっていた。

「監督《かんとく》がいないなら、俺《おれ》たちだけでしっかりやるしかない」

キャプテンの道成《みちなり》がイレブンに声《こえ》をかける。

「うん！」と明日人《あすと》はうなずいた。しかし日和《ひより》が「でもどうすればいいんだろう……」と言《い》うと、確《たし》かに不安《ふあん》になった。

その時《とき》、全員《ぜんいん》のイレブンバンドが同時《どうじ》に鳴《な》った。明日人《あすと》が驚《おどろ》く。

「監督《かんとく》からだ！」

流《なが》れてきた文字《もじ》は『捕《つか》まっちゃった（・ε<）』

明日人《あすと》が読《よ》み上《あ》げる。「捕《つか》まっちゃった。てへっ」

「てへって場合《ばあい》か？」

「というか、これどこから？」

また画面《がめん》に文字《もじ》。『今回《こんかい》は牢屋《ろうや》から指示《しじ》します v(≧▽≦)v』

明日人《あすと》が読《よ》み上《あ》げる。「今回《こんかい》は牢屋《ろうや》から指示《しじ》します。イエーイ」

「マジかよ⁉」と剛陣《ごうじん》。

「顔文字読《かおもじよ》まなくていいんですけど」と杏奈《あんな》。

「あ、そう？」

つくしはつくしで、誰《だれ》かのバンドをのぞき込《こ》んで「顔文字《かおもじ》かわいい！」と、はしゃいでいる。いやいや、打《う》ってんのあの監督《かんとく》だぞ。

メッセージはさらに続《つづ》いた。

『さて今回《こんかい》は例《れい》の緊急作戦《きんきゅうさくせん》を使《つか》います』

「あれか！」と小僧丸《こぞうまる》。

「あれって？」と杏奈《あんな》。

「前《まえ》に練習《れんしゅう》したんです。緊急《きんきゅう》の時《とき》に使《つか》えるかもしれないけど、使《つか》えないかもしれない作戦《さくせん》を！」

「『カラスの行水大作戦《ぎょうずいだいさくせん》』とか『お尻《しり》ぷりぷり大作戦《だいさくせん》』とか、いろいろねっ！」

「それ絶対使《ぜったいつか》えないでしょ」

杏奈《あんな》じゃなくても普通《ふつう》、そう思《おも》う。

メッセージはさらに続《つづ》く。

『作戦成功《さくせんせいこう》の鍵《かぎ》となる選手《せんしゅ》は』

『海腹《うみはら》のりか』

『日和正勝《ひよりまさかつ》』

「のりか、あの特訓頑張《とっくんがんば》ったもんな！」

「うんっ！」

「日和《ひより》は？」

「監督《かんとく》の雑用《ざつよう》は手伝《てつだ》いましたけど……」

「それ、お手伝《てつだ》いが必殺技《ひっさつわざ》のヒントになるんじゃないゴスかね⁉」

「うーん……全然《ぜんぜん》わかんないんですけど、はっきり言《い》って」

スタジアムは選手《せんしゅ》を迎《むか》え入《い》れる準備《じゅんび》を整《ととの》えていた。

両《りょう》チームのスポンサーアナウンスが響《ひび》く。

『メカで育《そだ》てる、目《め》からウロコの新鮮野菜《しんせんやさい》！　ベジメックは御影専農《みかげせんのう》を応援《おうえん》しています』

『そうだ、今日行《きょうい》こう、感動《かんどう》の旅《たび》へ。アイランド観光《かんこう》は、雷門中《らいもんちゅう》を応援《おうえん》しています』

入場《にゅうじょう》ゲートがゆっくりと開《あ》いた。

御影専農《みかげせんのう》は4—4—2のフォーメーション。

GK《ゴールキーパー》　小間直《おまなお》（背番号《せばんごう》1）

DF《ディフェンダー》　花岡強《はなおかつよし》（3）　室伏恐《むろぶしきょう》（4）　稲田則《いなだのり》（5）　弘山誘《ひろやまゆう》（2）

MF《ミッドフィルダー》　瀬川電《せがわでん》（6）　大部信《おおべしん》（10）　江波満《えなみみちる》（8）　藤丸啓《ふじまるけい》（7）

FW《フォワード》　山岸迫《やまぎしせり》（9）　下鶴改《しもづるあらた》（11）

雷門《らいもん》は3—4—3。

GK《ゴールキーパー》　海腹《うみはら》のりか（1）

DF《ディフェンダー》　日和正勝《ひよりまさかつ》（2）　岩戸高志《いわとたかし》（5）　万作雄一郎《まんさくゆういちろう》（3）

MF《ミッドフィルダー》　奥入祐《おくいりひろ》（8）　道成達巳《みちなりたつみ》（6）　服部半太《はっとりはんた》（4）　氷浦貴利名《ひうらきりな》（7）
FW《フォワード》　剛陣鉄之助《ごうじんてつのすけ》（9）　稲森明日人《いなもりあすと》（10）　小僧丸《こぞうまる》サスケ（11）

雷門《らいもん》のキックオフで試合《しあい》がスタート。

明日人《あすと》がボールをつつくと、早速《さっそく》イレブンバンドが鳴《な》った。

『飛《と》ぶ鳥《とり》を落《お》とす勢《いきお》い大作戦《だいさくせん》』だ。

「いきなりあれか！」と驚《おどろ》く剛陣《ごうじん》。

明日人《あすと》はイレブンに合図《あいず》を送《おく》る。

「スタート！」

「スタート！」

ちょうど同《おな》じタイミングで、留置場《りゅうちじょう》の趙監督《ちょうかんとく》も小声《こごえ》でささやいた。

雷門《らいもん》は小刻《こきざ》みにパスをつなぎながら、全員《ぜんいん》で攻《せ》め上《あ》がっていく。服部《はっとり》からの縦《たて》パスを、明日人《あすと》が頭《あたま》でつないで小僧丸《こぞうまる》へ。

対《たい》する御影専農《みかげせんのう》・我野革命監督《わがのかくめいかんとく》は、イレブンバンドに『守《しゅ》！』の指示《しじ》を送信《そうしん》。ゴール前《まえ》を固《かた》めた。

「今《いま》だ」と小僧丸《こぞうまる》。

「今《いま》です」と趙監督《ちょうかんとく》。

小僧丸《こぞうまる》が宙《ちゅう》に舞《ま》い上《あ》がる。

「ファイアトルネード！」

御影専農《みかげせんのう》のGK《ゴールキーパー》小間《おま》も、必殺技《ひっさつわざ》「シュートポケット」で対抗《たいこう》。両手《りょうて》でバリアを発生《はっせい》させ、ボールの勢《いきお》いを殺《ころ》してキャッチした。

雷門《らいもん》の攻撃《こうげき》が止《と》められた。自陣《じじん》に残《のこ》っているのはGK《ゴールキーパー》ののりかだけだ。

「しまったぁー！　自分《じぶん》たちの陣《じん》がガラ空《あ》きじゃないですかーっ!!」

奥入《おくいり》が、ちょっとわざとらしく叫《さけ》んだ。

「ハッ！　今《いま》だっ！」御影専農《みかげせんのう》の選手《せんしゅ》が遅《おく》れて気《き》づく。

「行《い》くぞっ！」

「上《あ》がれ――っ！」

小間《おま》がロングスロー。我野監督《わがのかんとく》も「手塩《てしお》にかけて栽培《さいばい》してきたイレブンです。このチャンスは逃《のが》しませんよ」と、思《おも》いがけないビッグチャンスに胸《むね》を弾《はず》ませた。

一方《いっぽう》の雷門《らいもん》。DF《ディフェンダー》日和《ひより》がイレブンバンドの指示《しじ》に気《き》づく。

『今《いま》でしょ ш(゜д゜)ﾉ〃』

「今《いま》っ!? 今《いま》なにを……」

頭《あたま》を越《こ》えようとするボールを見上《みあ》げ、日和《ひより》がハッとした。

「わっ！ わかりましたよ、あの謎《なぞ》の雑用《ざつよう》の意味《いみ》が！」


日和《ひより》が言《い》いつけられた雑用《ざつよう》。それは校舎中《こうしゃじゅう》の床掃除《ゆかそうじ》だった。必死《ひっし》に雑巾《ぞうきん》がけをしていると、どう見《み》ても怪《あや》しいお面《めん》をかぶった小男《こおとこ》が、バケツで絵《え》の具《ぐ》を盛大《せいだい》にブチまいて逃《に》げていった。雑巾《ぞうきん》がけは果《は》てしなく続《つづ》いた。

日和《ひより》はやがて、二枚《にまい》の雑巾《ぞうきん》に顔《かお》を描《か》き込《こ》んだ。

「頑張《がんば》りましょう、ゾウさんキンさん」

通《とお》りかかった剛陣《ごうじん》が、「うわ、キテんな！」とドン引《び》きしていた。

いつしか日和《ひより》はオリジナルの雑巾《ぞうきん》がけテクを身《み》につけていた。雑巾《ぞうきん》に素足《すあし》で乗《の》り、美《うつく》しい円《えん》を描《えが》いて床《ゆか》を滑《すべ》る。まるでフィギュアスケートだ。

日和《ひより》は落下点《らっかてん》へ急《いそ》いだ。

「今《いま》こそ使《つか》う時《とき》！　落《お》ちろ、飛《と》ぶ鳥《とり》！」

日和《ひより》の足《あし》が円《えん》を描《えが》く。そして体《からだ》をスピン。なんと、竜巻《たつまき》が発生《はっせい》した！

「シューティングカット！」

竜巻《たつまき》が上空《じょうくう》のボールを飲《の》み込《こ》んだ。

「やりましたっ！」と日和《ひより》が喜《よろこ》ぶ。

「俺《おれ》より先《さき》に必殺技《ひっさつわざ》を!?」と剛陣《ごうじん》が悔《くや》しがり、小僧丸《こぞうまる》は「そこかよ！」とツッコんだ。

今度《こんど》は雷門《らいもん》の逆襲《ぎゃくしゅう》だ。御影専農《みかげせんのう》の守《まも》りは手薄《てうす》になっている。

明日人《あすと》がドリブルで敵陣《てきじん》を切《き》り裂《さ》く。

「もらったーーーっ！」

明日人《あすと》のシュートがゴールに突《つ》き刺《さ》さった。

趙監督《ちょうかんとく》は留置部屋《りゅうちべや》で寝《ね》っ転《ころ》がっていた。警官《けいかん》から奪《うば》ったスマホを手《て》に、こっそり指示《しじ》を送《おく》っていたのだが、つい大《おお》きな声《こえ》が出《で》た。

「今頃《いまごろ》1点《てん》。この調子《ちょうし》でいけば余裕《よゆう》ですね、ほーっほほほ！」

いきなり手《て》をつかまれた。

「ほぅ？」

「これスマホか⁉　どこからこんなものを！」

スマホは没収《ぼっしゅう》された。趙監督《ちょうかんとく》の顔色《かおいろ》が変《か》わる。

「これは……マズいですよ……」

リードされた御影専農《みかげせんのう》に、ベンチから『攻《こう》　実行《じっこう》』の指示《しじ》が飛《と》ぶ。FW《フォワード》の下鶴《しもづる》・山岸《やまぎし》を中心《ちゅうしん》に攻《せ》め込《こ》んでいく。ポジショニングがよく計算《けいさん》された、的確《てきかく》なパス回《まわ》しだ。

受《う》けて立《た》つ雷門《らいもん》イレブンだが、バンドに指示《しじ》は来《こ》ない。

それならば、と選手《せんしゅ》たち自身《じしん》が判断《はんだん》する。明日人《あすと》が叫《さけ》んだ。

「肉《にく》を切《き》らせて骨《ほね》を断《た》つ大作戦《だいさくせん》！」

そうしているうちに、御影専農《みかげせんのう》はゴール前《まえ》へ。雷門《らいもん》ディフェンス陣《じん》はついていけていない……というより、守《まも》ろうとしてない!?

相手《あいて》FW《フォワード》の下鶴《しもづる》がシュート体勢《たいせい》に入《はい》った。「行《い》くぜーっ！」

のりかのイレブンバンドにも、何《なに》も指示《しじ》は来《き》ていなかった。

のりかは前《まえ》を見据《みす》えた。

「監督《かんとく》の指示《しじ》はないけど……今《いま》こそ、あの特訓《とっくん》の成果《せいか》を見《み》せる！」

——のりかはある日《ひ》の放課後《ほうかご》、趙監督《ちょうかんとく》から旧部室前《きゅうぶしつまえ》に呼《よ》び出《だ》されていた。

「のりかくん、あなたにやってもらうのはどうでもいい雑用《ざつよう》などではありません」

「え？」日和《ひより》がショックを受《う》ける。雑用《ざつよう》じゃないんだ。しかも「どうでもいい」って言《い》った、今《いま》？

「これです」

示《しめ》された先《さき》には、木《き》にロープで吊《つ》るされた大《おお》きなタイヤが。

のりかは言《い》われるまま、木《き》の根元《ねもと》に立《た》つ。

そこへタイヤが飛《と》んでくる！　正面《しょうめん》から受《う》け止《と》めようとするが、とても敵《かな》わない。

ドガッ！

「きゃっ！」

のりかは地面《じめん》に叩《たた》きつけられた。

「これを止《と》められれば合格《ごうかく》です」と、趙監督《ちょうかんとく》は無茶《むちゃ》を言《い》う。

「めっちゃくちゃ本格的《ほんかくてき》じゃないですかっ！」日和《ひより》は特訓《とっくん》の差《さ》が気《き》になっている。

のりかは何度《なんど》も叩《たた》きのめされ、そして何度《なんど》も立《た》ち上《あ》がった。明日人《あすと》は見《み》ていられない。

「こんな特訓《とっくん》、ヒドいです！」

「明日人《あすと》、いいの……私《わたし》、やってみる！」

特訓《とっくん》は何日《なんにち》も続《つづ》いた。

「きゃあっ！」吹《ふ》っ飛《と》んだのりかが、ついに起《お》き上《あ》がれなくなった。

「私《わたし》には……もうムリです……」

「結構《けっこう》です。私《わたし》の見当違《けんとうちが》いでした。ムリなことを頼《たの》んでしまいましたね」

趙監督《ちょうかんとく》は冷《つめ》たく言《い》い放《はな》った。

明日人《あすと》は監督《かんとく》をにらんだ。

その晩《ばん》、のりかは岩戸《いわと》に背負《せお》われて木枯《こが》らし荘《そう》に帰《かえ》った。部屋《へや》に入《はい》るなり、ベッドに倒《たお》れ込《こ》む。堪《こら》えていた涙《なみだ》が、勝手《かって》にこぼれてきた。

と、その時《とき》スマホがメッセージの着信《ちゃくしん》を知《し》らせた。母《はは》からだった。

『大収穫《だいしゅうかく》～！』

見《み》ると、アワビを手《て》に笑《わら》う海女姿《あますがた》の母《はは》の画像《がぞう》が届《とど》いていた。

「わ、でかっ！ ……ふふ」

のりかが涙《なみだ》ぐみつつも微笑《ほほえ》む。

そして文字《もじ》のメッセージに目《め》が止《と》まった。

『やっぱりお宝《たから》は深《ふか》く潜《もぐ》ったとこにあるね！』

「深《ふか》く潜《もぐ》ったとこ……」

画面《がめん》を見《み》つめながら、幼《おさな》い日《ひ》のことを思《おも》い出《だ》した。海女修業《あましゅぎょう》をしていた頃《ころ》。深《ふか》く潜《もぐ》りたい時《とき》は、体《からだ》をねじって回転《かいてん》させながら泳《およ》いだ。水《みず》の中《なか》に渦《うず》を起《お》こすように。

もっと深《ふか》く……。

のりかが何《なに》かをつかんだ。

旧部室前《きゅうぶしつまえ》。月明《つきあ》かりの中《なか》、ユニフォームに着替《きが》えたのりかがタイヤに手《て》をかける。

「深《ふか》く潜《もぐ》るみたいに頑張《がんば》れば……」

そこへ誰《だれ》かの声《こえ》。「のりか！」

明日人《あすと》がいた。奥入《おくいり》、日和《ひより》、万作《まんさく》、ヨネさんまで！

「一人《ひとり》で行《い》くなよな！　島《しま》からいつでもいっしょだろ！」

「そうですよ、まったく」

「持《も》ってきたよ、ヨネさん特製《とくせい》サンド！」

「みんな……ありがとう」

のりかは照《て》れたように笑《わら》った。

万作《まんさく》がタイヤを引《ひ》き上《あ》げ、手《て》を離《はな》す。

「ぐっ！」また地面《じめん》に叩《たた》きつけられた。

「一生懸命頑張《いっしょうけんめいがんば》れば……」そして起《お》き上《あ》がる。

「引《ひ》き寄《よ》せられる！　お宝《たから》だって、勝利《しょうり》だって！」

御影専農《みかげせんのう》の下鶴《しもづる》は、のりかの目《め》の前《まえ》に迫《せま》っていた。下鶴《しもづる》が大《おお》きくジャンプ。空中《くうちゅう》でオーバーヘッドキックを打《う》つと、ボールが発火《はっか》した。

「パトリオットシュート！」

ミサイルのようなボールが、のりかを襲《おそ》う。

のりかは構《かま》えた。顔《かお》の前《まえ》で閉《と》じた両腕《りょううで》を、円《えん》を描《えが》くように開《ひら》く。すると空間《くうかん》に大《おお》きな渦《うず》が発生《はっせい》した。のりかはボールを迎《むか》え撃《う》つように、右手《みぎて》を渦《うず》の中《なか》に突《つ》っ込《こ》んだ。

「ウズマキ・ザ・ハンド！」

渦《うず》は前方《ぜんぽう》に伸《の》び、巨大《きょだい》な腕《うで》になってシュートの威力《いりょく》を吸収《きゅうしゅう》した。

そして水《みず》が一気《いっき》に弾《はじ》ける。ボールはのりかの手《て》に収《おさ》まっていた。

「つしゃーっ！」と、前線《ぜんせん》で見守《みまも》る明日人《あすと》が喜《よろこ》んだ。

のりかは素早《すばや》くスローイング。「肉《にく》を切《き》らせて――」

受《う》けた万作《まんさく》が後《あと》を継《つ》ぐ。「――一刀両断《いっとうりょうだん》！」

万作《まんさく》には、プログラミングされた御影専農《みかげせんのう》の守備《しゅび》ブロックを迂回《うかい》するルートがはっきり見《み》えた。万作《まんさく》から服部《はっとり》、岩戸《いわと》、道成《みちなり》、奥入《おくいり》、剛陣《ごうじん》と、流《なが》れるようにパスがつながる。そしてボールは最前線《さいぜんせん》へ！

「明日人《あすと》！」

「っし！」

小僧丸《こぞうまる》から明日人《あすと》へとパスが渡《わた》った。

「のりかが止《と》めたんだ！　俺《おれ》だって！」

「行《い》かせるか！」

御影専農《みかげせんのう》は室伏《むろぶし》、花岡《はなおか》の２枚《まい》でブロック。明日人《あすと》と正面衝突《しょうめんしょうとつ》したはずみで、ボールが高《たか》く浮《う》いた。

「もらった！」花岡《はなおか》が先《さき》に反応《はんのう》する。

「させるかっ！」遅《おく》れて明日人《あすと》が追《お》う。

「うおおおお！」

駆《か》け出《だ》した明日人《あすと》がグングン加速《かそく》する。その足元《あしもと》に稲妻《いなずま》が宿《やど》る。さらにスピードを上《あ》げる。力強《ちからづよ》く大地《だいち》を蹴《け》ると、地上《ちじょう》から空中《くうちゅう》へと逆立《さかだ》つように電撃《でんげき》が走《はし》った。全身《ぜんしん》を稲妻《いなずま》に包《つつ》まれた明日人《あすと》が、光《ひかり》の速《はや》さでボールを確保《かくほ》した。

「これはまさに、イナビカリ・ダッシュ！」奥入《おくいり》が叫《さけ》ぶ。しかもドヤ顔《かお》で。

「名《な》づけちゃった！」日和《ひより》がツッコむ。

着地《ちゃくち》した明日人《あすと》が、仕上《しあ》げを小僧丸《こぞうまる》に託《たく》す。

「ファイアトルネード！」

小僧丸《こぞうまる》の必殺《ひっさつ》シュートがGK《ゴールキーパー》を弾《はじ》き飛《と》ばした。

2―0。のりかの神《かみ》セーブから始《はじ》まった『肉《にく》を切《き》らせて骨《ほね》を断《た》つ大作戦《だいさくせん》』が、スマホ画《が》面《めん》に映《うつ》し出《だ》されていた。

「やりましたね、のりかくん……」

趙監督《ちょうかんとく》がニヤニヤしている。檻《おり》の外《そと》では警官《けいかん》が居眠《いねむ》りしている。え？　いつの間《ま》に!?

そこで前半《ぜんはん》が終了《しゅうりょう》。ベンチに戻《もど》る雷門《らいもん》イレブンは余裕《よゆう》の笑《え》みを浮《う》かべている。

「作戦《さくせん》ならまだまだあるぜ？」

「馬《うま》の耳《みみ》に念仏大作戦《ねんぶつだいさくせん》！」

「パンがなければケーキを食《た》べればいいじゃない大作戦《だいさくせん》もな」

すれ違《ちが》いざまに聞《き》いてしまった下鶴《しもづる》が、「何《なに》それ……」という顔《かお》でギョッとしていた。

後半《こうはん》も完全《かんぜん》に主導権《しゅどうけん》を握《にぎ》った雷門《らいもん》は、4―0でこの試合《しあい》を制《せい》した。

喜《よろこ》ぶ雷門《らいもん》イレブンのもとに、「こんな作戦《さくせん》に負《ま》けるとはな……」と下鶴《しもづる》が歩《あゆ》み寄《よ》る。

「だがお前《まえ》たちの次《つぎ》の相手《あいて》は帝国学園《ていこくがくえん》だ。この程度《ていど》の作戦《さくせん》では絶対《ぜったい》に勝《か》てない」

帝国《ていこく》の名《な》を聞《き》き、さすがの明日人《あすと》も表情《ひょうじょう》をこわばらせた。

雷門《らいもん》イレブンは、スタジアムの通路《つうろ》を引《ひ》きあげていった。

列《れつ》の最後尾《さいこうび》にいた明日人《あすと》は不意《ふい》に、自分《じぶん》を呼《よ》び止《と》める声《こえ》を聞《き》いた。

「稲森《いなもり》」

少《すこ》し鼻《はな》にかけた独特《どくとく》のハスキーボイスだ。

キョロキョロと姿《すがた》を探《さが》すと、通路《つうろ》の横道《よこみち》に制服姿《せいふくすがた》のその人《ひと》が立《た》っていた。

「鬼道《きどう》さん!?」

「油断《ゆだん》するな。帝国《ていこく》は強《つよ》い。星章以上《せいしょういじょう》の実力《じつりょく》を持《も》っているだろう」

鬼道《きどう》はそれだけ伝《つた》えて去《さ》っていった。

「は……はいっ！」

明日人《あすと》は直立不動《ちょくりつふどう》の姿勢《しせい》で返事《へんじ》をし、チームメイトを追《お》いかけた。

「ちょっ、ねえ今《いま》、俺《おれ》、鬼道《きどう》さんと話《はな》したんだけど！」

明日人《あすと》の声《こえ》が弾《はず》んでいた。


同《おな》じ頃《ころ》、灰崎《はいざき》は茜《あかね》の病室《びょうしつ》を訪《たず》ねていた。

「よお」

「……」

「いいもの持《も》ってきたぞ。こういうの好《す》きだろ」

灰崎《はいざき》は、手《て》にしたクマのマグカップを見《み》せた。

「……」

「置《お》いとくな、クマゾウの隣《となり》に」

サイドテーブルの上《うえ》に、以前贈《いぜんおく》ったクマゾウのぬいぐるみがあった。灰崎《はいざき》はその横《よこ》に、大事《だいじ》そうにマグカップを置《お》いた。

雷門《らいもん》イレブンが部室《ぶしつ》のドアを開《あ》けると、いきなり趙監督《ちょうかんとく》の顔《かお》がドアップで視界《しかい》に飛《と》び込《こ》んできた。

「監督《かんとく》！」

「完全《かんぜん》な濡《ぬ》れ衣《ぎぬ》でしたよ」

「でも一体《いったい》どうして……」

「あのっ、ボクのせいなんです！」

ホワイトボードの裏《うら》から、例《れい》のお面《めん》が現《あらわ》れた。

「監督《かんとく》の子分《こぶん》っぽい人《ひと》だ！」と、明日人《あすと》が叫《さけ》ぶ。

「はい、李子文《りこぶん》です！」

「名前《なまえ》も子分《こぶん》!?」と、服部《はっとり》が驚《おどろ》く。

「まぁもうこのことは……」

趙監督《ちょうかんとく》はそそくさと話《はなし》を打《う》ち切《き》ろうとするが、李子文《りこぶん》は勝手《かって》に事情《じじょう》を説明《せつめい》し始《はじ》めた。

「実《じつ》は監督《かんとく》に頼《たの》まれて送《おく》ったムフフな画像《がぞう》ファイルが、ウィルスにやられてて！」

「えっ⁉」明日人《あすと》は愕然《がくぜん》とする。

「ムフフって？」のりかは素《す》で聞《き》き返《かえ》した。

「だからもう……」

趙監督《ちょうかんとく》は話《はなし》を流《なが》そうと必死《ひっし》だが、李子文《りこぶん》の口《くち》は動《うご》きっぱなしだ。

「そのせいでパソコンが乗《の》っ取《と》られて機密情報《きみつじょうほう》にアクセスしてしまったんです！　すいません、ボクがあんな！　あんなすっごくムフフな画像《がぞう》さえ送《おく》らなければっ！」

黙《だま》って聞《き》いていた氷浦《ひうら》が、あごに手《て》を当《あ》て、クールな表情《ひょうじょう》で考《かんが》え込《こ》んでいた。

そしておもむろに口《くち》を開《ひら》いた。

「ムフフってどんな画像《がぞう》だ？」

いや、それ今具体的《いまぐたいてき》に説明《せつめい》する人《ひと》いないでしょ。ていうか氷浦《ひうら》、天然《てんねん》なのか。

「コォォオーー！」と、趙監督《ちょうかんとく》は恥《は》ずかしさに身《み》を震《ふる》わせていた。

「監督《かんとく》、スパイじゃなかったんですね」つくしは気《き》を取《と》り直《なお》している。その隣《となり》で杏奈《あんな》は、

「むしろスパイであってほしかった気《き》が」と完全《かんぜん》に軽蔑《けいべつ》していた。

「じゃあはいっ！　気《き》を取《と》り直《なお》して！」

パンッ！　と趙監督《ちょうかんとく》が手《て》を叩《たた》く。

「うわ、無理《むり》やり！」日和《ひより》はあきれた。

「はい！」

つくしが進行係《しんこうがかり》を務《つと》める。

「次《つぎ》の試合《しあい》はA《エー》ブロック予選第《よせんだい》4試合《しあい》！　相手《あいて》はあの帝国学園《ていこくがくえん》です！」

モニタースクリーンに帝国学園《ていこくがくえん》のエンブレムが映《うつ》し出《だ》された。

部室《ぶしつ》は一気《いっき》に緊迫《きんぱく》した。


かつての絶対王者《ぜったいおうじゃ》、帝国学園《ていこくがくえん》。1年前《ねんまえ》のフットボールフロンティア予選《よせん》で雷門《らいもん》に敗《やぶ》れるまで貫《つらぬ》いた無敗記録《むはいきろく》は、実《じつ》に40年間《ねんかん》にも及《およ》んだ。

少年《しょうねん》サッカー史《し》に名《な》を残《のこ》した帝国学園《ていこくがくえん》は、総帥《そうすい》であり監督《かんとく》でもある影山零治《かげやまれいじ》の統治下《とうちか》にあった。影山《かげやま》は、目的《もくてき》のためには手段《しゅだん》を選《えら》ばない人物《じんぶつ》だった。無敗記録《むはいきろく》も、彼《かれ》の陰謀《いんぼう》が裏《うら》で関《かか》わっていた。その手口《てぐち》とは、対戦相手《たいせんあいて》の選手《せんしゅ》バスに細工《さいく》を仕掛《しか》けて事故《じこ》を起《お》こしたり、木戸川清修《きどかわせいしゅう》のエース豪炎寺修也《ごうえんじしゅうや》の妹《いもうと》・夕香《ゆうか》を交通事故《こうつうじこ》に遭《あ》わせ重体《じゅうたい》にさせたりなど、極《きわ》めて非道《ひどう》で許《ゆる》しがたいものだった。

影山《かげやま》は1年前《ねんまえ》のフットボールフロンティア以降《いこう》、その罪《つみ》のために服役《ふくえき》していた。サッカー界《かい》へ復帰《ふっき》する道《みち》は完全《かんぜん》に絶《た》たれたと、誰《だれ》もが思《おも》った。

ところが、今年《ことし》のフットボールフロンティア予選大会《よせんたいかい》が始《はじ》まる直前《ちょくぜん》、選手《せんしゅ》の前《まえ》に再《ふたた》び姿《すがた》を表《あらわ》した。

「刑務所《けいむしょ》に入《はい》ったはずのあんたが、なんで今《いま》さら！」

主力選手《しゅりょくせんしゅ》の源田幸次郎《げんだこうじろう》を中心《ちゅうしん》に、非難《ひなん》の声《こえ》が上《あ》がった。

しかし、影山《かげやま》は言《い》い放《はな》った。

「私《わたし》は政府《せいふ》の考案《こうあん》する『アレス更生《こうせい》プログラム』の実験対象《じっけんたいしょう》に志願《しがん》した。その結果《けっか》、短期《たんき》間《かん》に刑期《けいき》を終《お》え、この帝国学園《ていこくがくえん》の監督《かんとく》に再就任《さいしゅうにん》した」

「俺《おれ》たちはあんたに従《したが》わないと決《き》めた！　あんたを監督《かんとく》だと認《みと》めるわけにはいかない」

「ほう。そんなことを言《い》っていられるのか？　私《わたし》は大会《たいかい》に参加《さんか》するすべてのチームを分析《ぶんせき》した。今《いま》のおまえたちでは星章学園《せいしょうがくえん》に勝《か》てない」

動揺《どうよう》する選手《せんしゅ》たちの前《まえ》で、影山《かげやま》は続《つづ》けた。

「私《わたし》は帝国学園《ていこくがくえん》を勝《か》たせるために帰《かえ》ってきたのだ。再《ふた》び帝国《ていこく》はサッカー界《かい》に君臨《くんりん》する。私《わたし》の指示《しじ》どおりに動《うご》けばな」


雷門《らいもん》の部室《ぶしつ》では、つくしが画面上《がめんじょう》の資料《しりょう》のページを一枚《いちまい》繰《く》った。

『皇帝《こうてい》ペンギン2号《ごう》』

『天才《てんさい》ゲームメーカー』

『影山零治《かげやまれいじ》』

三《みっ》つのキーワードが書《か》かれていた。

「帝国学園《ていこくがくえん》は鬼道有人《きどうゆうと》が抜《ぬ》けて、ゲームメーカーがいないはず。それでも強《つよ》いのはなぜなんでしょう？」

奥入《おくいり》は冷静《れいせい》に疑問《ぎもん》を挟《はさ》む。道成《みちなり》が応《おう》じる。

「最近《さいきん》、帝国学園《ていこくがくえん》の練習試合《れんしゅうじあい》は非公開《ひこうかい》で。謎《なぞ》に包《つつ》まれている」

「それに奇妙《きみょう》なことがあるんだ」

新情報《しんじょうほう》を持《も》ち出《だ》したのは万作《まんさく》だ。

「帝国《ていこく》に負《ま》けたチームは必《かなら》ず調子《ちょうし》を崩《くず》して連敗《れんぱい》を重《かさ》ねるようになってる……」

「なんか呪《のろ》われてるみたい……」のりかは薄気味悪《うすきみわる》さを感《かん》じた。

岩戸《いわと》は黙《だま》って震《ふる》えていた。


「雷門《らいもん》と当《あ》たる帝国学園《ていこくがくえん》のデータ、手《て》に入《い》れておきました」

にぎわう街《まち》の人混《ひとご》みの中《なか》で、王帝月ノ宮《おうていつきのみや》の西蔭《にしかげ》が野坂《のさか》に報告《ほうこく》した。

「そうか」と野坂《のさか》があたりを見渡《みわた》す。「ちょっと寄《よ》っていこうか」と、アイスクリーム屋《や》さんを指《さ》した。

先《さき》に西蔭《にしかげ》を座《すわ》らせた席《せき》に、野坂《のさか》が二《ふた》つのアイスを持《も》ってくる。片方《かたほう》はコーンの上《うえ》にアイス一《ひと》つ。もう片方《かたほう》はコーンの上《うえ》にアイス四《よっ》つ。

「野坂《のさか》さん、よくそんなたくさん……」

「はい」

野坂《のさか》は四《よっ》つのほうを西蔭《にしかげ》に差《さ》し出《だ》した。

アイスを食《た》べながら、野坂《のさか》はスマホで帝国学園《ていこくがくえん》の資料《しりょう》を読《よ》み進《すす》めた。

「今《いま》、帝国学園《ていこくがくえん》で注目《ちゅうもく》すべきなのはこの男《おとこ》だね。転入《てんにゅう》したばかりの不動明王《ふどうあきお》」

「何者《なにもの》なんでしょう」

「それみたいな存在《そんざい》かもね」と、西蔭《にしかげ》のアイスの３番目《ばんめ》を指《さ》す。

「炎《ほのお》のデス辛《から》ハバネロペッパー味《あじ》」

「えっ、ハバネロ！」

「一《ひと》つ辛《から》いのが混《ま》じってることで、全体《ぜんたい》をおいしく感《かん》じられることもあるよね」

「まさかその説明《せつめい》のためにこれを？」

だが野坂《のさか》はふいっと顔《かお》を逸《そ》らした。西蔭《にしかげ》の思《おも》い過《す》ごしだった。


一方《いっぽう》、帝国学園《ていこくがくえん》では、サッカー部会議室《ぶかいぎしつ》にイレブンが集《あつ》められていた。

「遅《おそ》いぞ不動《ふどう》」と、右目《みぎめ》に眼帯《がんたい》を当《あ》てた佐久間次郎《さくまじろう》の声《こえ》が響《ひび》く。

「はいはい、キャプテンさん」転校生《てんこうせい》の不動明王《ふどうあきお》が、嫌味《いやみ》な態度《たいど》で答《こた》える。

「にしても、鬼道《きどう》がいないとはな。ガッカリだよ」

その時《とき》、会議室《かいぎしつ》の灯《あか》りが消《き》えた。ステージ脇《わき》から緑色《みどりいろ》がかったポニーテールが現《あらわ》れた。サッカー強化委員《きょうかいいん》として帝国《ていこく》に派遣《はけん》された、元《もと》・雷門《らいもん》のDF《ディフェンダー》風丸一郎太《かぜまるいちろうた》だ。

「総帥《そうすい》からお話《はなし》だ、しっかり聞《き》くように」

風丸《かぜまる》はほかのメンバーとは一線《いっせん》を引《ひ》き、なぜか影山《かげやま》に従順《じゅうじゅん》な態度《たいど》を示《しめ》している。

「はっ、刑務所《けいむしょ》に入《はい》ってたやつの話《はなし》をか？」

源田《げんだ》は納得《なっとく》がいかない。影山《かげやま》に支配《しはい》されることも、風丸《かぜまる》がその影山《かげやま》に従《したが》うことも。

ステージに照明《しょうめい》がつき、椅子《いす》がせり上《あ》がってくる。影山《かげやま》がいつものように、そこに座《すわ》っていた。

「さて……まずは新《あら》たな部員《ぶいん》を紹介《しょうかい》する。転入生《てんにゅうせい》・湿川陰《しめりがわかげる》だ」

どんなやつかと、選手《せんしゅ》たちが瞠目《どうもく》する。そして、言葉《ことば》を失《うしな》った。

「いや〜、総帥《そうすい》に紹介《しょうかい》してもらえちゃうとか。ふっ、湿川陰《しめりがわかげる》で〜っ」

湿川《しめりがわ》は憎《にく》らしい目《め》つきを部員《ぶいん》たちに向《む》けた。そして体《からだ》をくねくねさせながら、イレブンライセンスをかざす。「総帥《そうすい》これ、控《ひか》えめに言《い》って最高《さいこう》でっ」

「なんだアイツ……」佐久間《さくま》の背筋《せすじ》に寒気《さむけ》が走《はし》った。

「学校《がっこう》のお偉《えら》いさんの息子《むすこ》らしい」源田《げんだ》が苦々《にがにが》しく言《い》った。

影山《かげやま》が言《い》う。「これより湿川《しめりがわ》も交《まじ》えて雷門対策会議《らいもんたいさくかいぎ》だ」

「雷門《らいもん》ごときに対策《たいさく》か？」と不動《ふどう》がバカにした態度《たいど》をとる。

影山《かげやま》がフッと笑《わら》う。

「お前《まえ》たちは今《いま》の雷門《らいもん》を知《し》らない。雷門《らいもん》はおろか、自分《じぶん》たちの実力《じつりょく》もな」

一同《いちどう》は口《くち》をつぐんだ。


対《たい》する雷門《らいもん》イレブンは、趙監督《ちょうかんとく》を中心《ちゅうしん》にグラウンドに集《あつ》まっていた。

「あなたたちには、帝国学園戦《ていこくがくえんせん》に備《そな》えて特訓《とっくん》をしてもらいます」

「特訓《とっくん》!?」と驚《おどろ》く明日人《あすと》。

「今回《こんかい》は特訓《とっくん》ってちゃんと言《い》うんですね」

日和《ひより》は、自分《じぶん》だけやらされた雑巾《ぞうきん》がけの件《けん》を、まだ根《ね》に持《も》っている。

「あなたたちはこれまで、だいぶ楽《らく》させちゃったみたいですからねえ、今回《こんかい》は正統派《せいとうは》の

『スペシャルな特訓《とっくん》』ですよぉ！」

そして、その日《ひ》の夕方《ゆうがた》。

「うう……」と明日人《あすと》が倒《たお》れる。周《まわ》りも次々《つぎつぎ》に沈《しず》んでいく。

イレブンは顔《かお》も髪《かみ》も服《ふく》もボロボロになっていた。

そこへ、つくしと杏奈《あんな》がやってきて悲鳴《ひめい》を上《あ》げる。

「みんな！」

「どうしたんですか！」

「ああっ、ゴーレムくんがっ！　ちょっと痩《や》せてる!!　ような気《き》がする!!」

「一体《いったい》、何《なに》が起《お》きたの!?」

帝国学園戦《ていこくがくえんせん》に備《そな》え、スペシャルな特訓《とっくん》を行《おこ》なった明日人《あすと》たち雷門《らいもん》イレブン。
趙監督《ちょうかんとく》が指示《しじ》したスペシャルな特訓《とっくん》とはいったい何《なん》だったのか？
そして、雷門《らいもん》イレブンは、かつての絶対王者《ぜったいおうじゃ》・帝国学園《ていこくがくえん》と互角《ごかく》に戦《たたか》えるのか？
帝国学園《ていこくがくえん》と影山《かげやま》、そしてアレスとの関係《かんけい》は……!?
イレブンを取《と》り巻《ま》く謎《なぞ》と試練《しれん》はまだまだ続《つづ》く！！！

Shogakukan Junior Bunko

★小学館ジュニア文庫★

小説 イナズマイレブン アレスの天秤 1

2018年 6 月 4 日　初版第 1 刷発行

著者／江橋よしのり
総監督／原案・シリーズ構成／日野晃博
原作／レベルファイブ

発行人／立川義剛
編集人／吉田憲生
編集／伊藤 澄

発行所／株式会社　小学館
〒101-8001　東京都千代田区一ツ橋２―３―１
電話　編集　03-3230-5105
販売　03-5281-3555

印刷・製本／中央精版印刷株式会社

デザイン／石沢将人（ベイブリッジスタジオ）

稲富 雅裕

Printed in Japan　　ISBN 978-4-09-231233-3